ÉTRANGER,
D'OÙ VIENS-TU ?

ISBN 2-203-22303-0
© *Casterman - ORTF - TELFRANCE 1974*
Droits de traduction et de reproduction réservés pour tous pays.

ÉTRANGER, D'OÙ VIENS-TU?

Roman en 30 épisodes T.V.
Scénario de Pierre Acot-Mirande
Adaptation de Pierre Acot-Mirande et Bernard Toublan-Michel
Écrit par
Jacqueline MIRANDE
Série télévisée coproduite par
TELFRANCE et l'ORTF

3e édition - 50e mille

CASTERMAN

PREMIÈRE PARTIE

I

Il marchait, dans le crépuscule de septembre, sur la route en lacets menant au col d'Éroïmendy. Il portait à l'épaule un sac de toile comme en ont les pêcheurs de truites et son pas régulier était celui d'un homme habitué aux longues marches, d'un homme jeune aussi.

Sur les éboulis poussaient des taillis maigres, des plaques d'herbe rase déjà rousse, une pauvreté de rocaille qui se prolongeait jusqu'aux vallées, sèches et nues, que l'on apercevait en contrebas dans un début de brume.

Il passa, sans paraître y prêter attention, devant un poteau qui indiquait : « Frontière française, 15 km », mais le bruit d'un moteur qui se répercutait en s'amplifiant sur les crêtes le fit s'arrêter. Il quitta brusquement la route et s'enfonça sur un bas-côté, dans un amas de rochers.

Une voiture de la garde civile espagnole passa et disparut derrière un tournant. L'homme, alors, ressortit prudemment, regarda un instant la route, parut hésiter, puis se remit à marcher, mais cette fois sur une piste, à même la montagne.

Il courbait un peu sa silhouette mince, vêtue de brun qui se confondait, dans le chien et loup, avec les rochers.

*

* *

La jeep de Sagardoy s'arrêta au poste frontière d'Arnéguy, au ras de la barrière de contrôle. Un douanier fit le

9

tour du véhicule, souleva la bâche pour examiner l'arrière. Le brigadier s'approcha soudain de la portière et Sagardoy, assis au volant, eut un sourire. Il tendit ses papiers :

— Salut, chef.

Le brigadier regarda les papiers :

— Alors, tu passes ici, à présent, pour te rendre en Espagne ?

— Pourquoi pas, si j'ai à faire de ce côté !

— Quel genre d'affaires, hein ? Encore un coup fourré ?

Sagardoy haussa les épaules :

— Dès que j'arrive à un poste c'est toujours la même chanson ! J'ai quand même le droit de passer où je veux. Mes papiers sont en règle, la voiture est vide. Qu'est-ce qu'il vous faut de plus ?

Le brigadier lui tendit ses papiers sans répondre. Le douanier leva la barrière. La jeep passa.

— Celui-là, dit le brigadier, c'est un rapide mais je l'attends au retour !

Le douanier parut soudain intéressé :

— C'est pas lui qui a eu une histoire l'an dernier ?

— Si. Et cette fois-là, on croyait bien le tenir. Mais quand il s'est vu pris, il a tout balancé dans le ravin : la voiture, le chargement, et il s'est tiré à pied.

— Et vous n'avez pas pu l'avoir ?

— Tu parles ! La nuit, dans la montagne, tu peux toujours courir après lui ! Il connaît les pistes mieux que nous !

La voiture venait de quitter le poste de contrôle espagnol. Au volant Sagardoy sifflait un vieil air basque. Passer la frontière à Arnéguy allongeait sa route de cent bons kilomètres puisqu'il allait, en fait, au col d'Éroïmendy. Mais cela, les douaniers n'avaient pas besoin de le savoir...

L'homme s'était arrêté de marcher depuis longtemps. Adossé à un rocher, au bord de la piste, son sac posé à ses pieds, il attendait. Ni anxieux ni fébrile. Immobile mais les sens tendus, aux aguets dans la nuit.

La jeep de Sagardoy roulait tous feux éteints sur la piste et l'homme l'entendit d'assez loin. Il ramassa son sac, le remit sur l'épaule. A quelques mètres de lui, deux brefs appels de phares éclairèrent bientôt les rochers. La jeep s'arrêta. L'homme monta.

— C'est pour demain, dit Sagardoy en redémarrant.

— Tu es sûr qu'il y sera? demanda l'homme.

— Il y sera.

Au bout d'un kilomètre, Sagardoy freina, stoppa, coupa le contact, puis, se penchant à la vitre, donna un coup de sifflet léger. Quelques instants après, un autre coup de sifflet lui répondit. Un berger sortit de l'ombre.

— *Hola, Luis,* dit à voix assez basse Sagardoy, *que tal?* (Comment ça va?)

— *Puedes pasar.* (Tu peux passer.)

Sagardoy prit une bouteille et la tendit au berger :

— *Eso es para ti. Es muy bueno para el corazon!* (C'est pour toi. C'est très bon pour le cœur!)

Luis éclata de rire :

— *Gracias.*

La jeep repartit. L'homme à côté de Sagardoy se taisait toujours. La piste devenait inexistante et ils roulèrent bientôt en tous terrains. Secoués, cahotés, ils montaient vers la ligne de crête et la frontière. La brume les escortait et la nuit.

Pour la seconde fois, Sagardoy arrêta sa voiture, descendit, fit signe à l'homme de le suivre et ils marchèrent à pied vers le sommet.

Au bout d'un moment l'homme demanda :

— Mais qu'est-ce que tu fais?

— C'est à cause du signal, je vais te montrer.

En contrebas, dans un creux de vallée, deux points lumineux piquetaient l'ombre.

— Tu vois, reprit Sagardoy, la ferme, en bas, les soirs de passage, si les lumières sont allumées, ça veut dire que tout va bien. Si elles sont éteintes, c'est que les douaniers sont dans le coin.

— Tu es bien organisé, dit l'homme.

— C'est obligé. J'ai mon petit réseau moi aussi, des amis un peu partout sur qui je peux compter. Sans quoi il y a longtemps que je me serais fait prendre.

Ils revinrent vers la jeep qui démarra, franchit la frontière et disparut dans la nuit sur le versant français.

*
*　　*

Laurent se tenait un peu à l'écart du groupe de chasseurs réunis dans la cour de la ferme et il les observait avec un amusement intérieur en se demandant pour la dixième fois ce qu'il était venu faire parmi eux!

Chasser le sanglier ne le passionnait pas et il refusait d'ordinaire les invitations du commandant Ériart : le commandant Ériart l'agaçait... Laurent trouvait insupportable cette façon qu'il avait de jouer les importants — parce qu'il était le maire du pays et l'un des plus gros

12

propriétaires terriens de la région ! Courageux, oui, — il avait été l'organisateur et le chef de la résistance dans ce coin de pays basque pendant la guerre — mais totalement dépourvu de fantaisie et d'humour, deux qualités sans lesquelles la vie n'était pas possible ! Du moins la vie telle que la concevait Laurent.

De nouvelles voitures arrivaient. Des portières claquaient. Le commandant Ériart descendait de sa jeep en compagnie d'une jeune femme autour de laquelle s'empressaient les chasseurs.

Laurent eut un petit sourire : que ce fût dans une cour de ferme, au golf de Chantaco ou sur la plage de Biarritz, l'arrivée de Claire-Marie pouvait-elle passer inaperçue d'un homme ? Et à quoi donc tenait son charme ? Peut-être à un contraste, la minceur d'un corps, la grâce de gestes, une apparente fragilité et, derrière cette façade, une violence toujours prête à percer, l'ardeur à vivre des Élissalde.

Ce lever de jour lui allait bien où la chaleur de l'été finissant s'estompait des premières brumes, où deux saisons se rejoignaient, septembre atténuant d'imperceptible meurtrissure l'étincelante dureté d'août.

Laurent s'était rapproché :

— Bonjour Claire-Marie, bonjour Ériart.

— Tiens, Laurent ! Vous vous êtes enfin décidé ? Je croyais que vous désapprouviez nos mœurs de barbares...

Le ton du commandant Ériart alliait au persiflage un soupçon de mépris. Laurent prit son air le plus nonchalant, celui qui avait le don d'irriter le mieux son oncle, le banquier Bertrand.

— On prétend qu'il faut avoir goûté à tout au moins une fois.

Ériart retint de justesse un haussement d'épaules. Ce

Laurent, avec ses blousons de daim, ses foulards de soie, ses regards ironiques, qu'est-ce qu'il se croyait ? Sans la fortune de sa mère, où serait-il ? Une fortune dont il ne devait plus rester grand-chose au train où il allait ! Pourquoi les femmes avaient-elles assez peu de jugeote pour se laisser prendre à ce miroir aux alouettes qu'il leur tendait ? Toutes ! Même Claire-Marie qui avait pourtant plus de tête que la plupart. Elle était là, souriant d'un air complice, tendant ses deux mains avec cette spontanéité qu'Ériart aimait tant :

— Laurent, vous êtes un dilettante incorrigible !

Dilettante ! Ériart pensait, lui, « jean-foutre » et préféra s'éloigner brusquement, rejoindre le fermier :

— Les rabatteurs sont partis ?

— Ils sont vers les bois de Teinture avec les chiens. C'est par là qu'on a repéré le sanglier, pas vrai, Joseph ?

L'autre opina :

— Oui, hier soir. Il m'est sorti juste sous le nez. C'est qu'il est costaud !

— Voyons ça de plus près, dit Ériart.

Il revint à sa jeep, prit un porte-cartes militaire, l'ouvrit sur le capot de la voiture. Les chasseurs firent cercle autour de la carte déployée.

Laurent était resté près de Claire-Marie et suivait la scène, une lueur moqueuse aux yeux.

— Admirable, murmura-t-il en se penchant vers elle. Un véritable état-major en campagne... pour vaincre un sanglier !

Le sourire de Claire-Marie disparut. Elle eut un geste de colère :

— Pourquoi êtes-vous venu ? Il fallait rester à Biarritz ! Vous ne comprenez rien à notre vie !

Et tournant le dos à Laurent, elle s'avança vers la fermière qui sortait de la maison pour la saluer :

— Bonjour, mademoiselle. Oh, pardon, je crois que je n'arriverai jamais à vous appeler madame ! C'est que pour nous vous êtes toujours Mlle Élissalde... (Il y eut un petit silence, la fermière reprit :) Vous devriez venir nous voir plus souvent. Ce n'est pas gentil de nous oublier.

Le visage de Claire-Marie s'assombrit :

— C'est vrai, mais j'ai eu beaucoup de soucis ces temps derniers.

— Oh, je me doute bien que vous devez avoir du tracas. Toute seule à diriger cette grande maison et le domaine.

Claire-Marie préféra couper court :

— Comment va ma filleule ?

— Un vrai diable. Un vrai sac à cordes ! Elle vous attend depuis une heure et elle ne tient plus en place !

Claire-Marie entra dans la ferme. Ériart était toujours penché sur la carte au milieu des chasseurs :

— Je résume l'opération : premier temps, on amène le sanglier en terrain découvert dans ce secteur (il indiqua un point sur la carte). Là on est sûr de pouvoir le tirer. Deuxième temps, on place des tireurs à l'entrée de tous les défilés. Il y en a six exactement, nous sommes assez nombreux. Le dernier groupe viendra avec moi plus haut vers le col pour lui barrer le passage. Pas d'autres questions ? Alors, exécution ! (Il se tourna vers Laurent :) Où est passée Claire-Marie ? Ah, les femmes, elles trouvent toujours une occasion de bavarder !

Claire-Marie apparaissait sur le seuil de la ferme tenant par la main une petite fille. Le commandant Ériart l'appela avec impatience :

— Vous venez, chère amie ? Nous partons !

Elle embrassa l'enfant et se dirigea vers la jeep, où elle s'installa à côté du commandant. La voiture démarra.

En regagnant sa méhari, un des chasseurs demanda :

— C'est sa femme ?

Le fermier haussa les épaules :

— Tu ne l'as pas reconnue ? C'est la fille Élissalde, celle qui est veuve. Et tu sais bien que le commandant n'est pas marié !

Au volant de sa voiture, Laurent allumait une cigarette à long bout doré qu'il faisait venir spécialement de Suisse et ses yeux étaient gais : la réflexion de ce chasseur l'amusait.

*

*   *

Dans la montagne, le jour se levait. Devant la porte du cayolar où il avait passé la nuit, Sagardoy regardait le ciel :

— Il va faire chaud. A midi ça tapera.

A l'intérieur du cayolar, l'homme demanda :

— Cette chasse aux sangliers, tu es sûr qu'il y sera ?

— Sûr et certain.

Il rentra dans la cabane de berger. L'homme avait tiré du sac, qui ressemblait à celui d'un pêcheur de truites, un étui rectangulaire contenant une carabine démontée et une lunette de tir. Il examina soigneusement chaque pièce et remonta l'arme avec des gestes précis.

— Je vais chercher de l'eau à l'abreuvoir pour faire du café, dit Sagardoy. En attendant, mange un morceau !

Sur la table, il y avait du jambon, du fromage et du pain. L'homme secoua la tête :

— Non, merci.

— Tu as tort. C'est pas bon de rester l'estomac vide.

L'homme se leva sans répondre et sortit à son tour devant le cayolar : cette partie de la montagne était ravinée et nue, une caillasse grise qui roulait sous le pied et s'achevait en éboulis. Rien ne rappelait le Mexique et pourtant c'était au Mexique que l'homme pensait.

Et il se sentait comme double : il y avait aussi flou que sur une ancienne photographie et si lointain soudain le Miguel de la Vera Cruz, celui de l'hacienda de Pueblo, et celui étonnamment calme, presque détaché, qui, maintenant, quittait le cayolar, sa carabine à la main, guidé par Sagardoy, tandis que de la vallée montaient des bruits de voitures et des aboiements de chiens : la chasse aux sangliers venait de commencer.

Les chiens avaient débusqué la bête dans la vallée. Les rabatteurs s'étaient mis en marche vers le secteur du cayolar et les tireurs venaient de se placer pour bloquer les issues. Plus haut, vers les crêtes, les chasseurs guettaient les aboiements des chiens. Claire-Marie, Ériart et Laurent s'étaient arrêtés, attendaient.

— On dirait qu'on n'entend plus les chiens, dit Laurent.

— Je me demande ce qu'ils font, grogna Ériart. J'espère qu'ils n'ont pas perdu la trace au moins...

— Écoutez! dit Claire-Marie. Les aboiements reprennent.

Ériart écouta un moment :

— Ça va, ils sont dans la bonne direction. Allons nous placer en haut du défilé.

Ils commencèrent tous trois à monter.

Sur les crêtes, Miguel et Sagardoy les observaient à la jumelle.

— C'est celui du milieu, avec la casquette, dit Sagardoy. Tu l'as bien repéré?

— Oui.

— Je vais rapprocher la jeep. Comme ça, on pourra partir plus vite.

Miguel était à présent seul — comme il convenait que cela fût à cette minute précise — embusqué derrière le rocher d'où il commandait le défilé.

Il engagea le chargeur, arma la carabine. Les chasseurs apparurent, encore en contrebas. Il épaula, visa. La silhouette du commandant Ériart grandit dans la croix de visée. L'index de Miguel passa du pontet sur la gâchette qu'il enfonça lentement. Mais la silhouette de Claire-Marie soudain couvrit celle d'Ériart. L'index de Miguel lâcha la gâchette et repassa sur le pontet.

Il y eut une brève attente puis, de nouveau, la silhouette du commandant se détacha seule sur la croix de visée. Miguel replaça l'index sur la gâchette. Le groupe des chasseurs se rapprochait du défilé. On entendait rire Laurent.

*

* *

Sagardoy attendait au volant de sa jeep. Il avait allumé un de ces petits cigares noirs dont il avait pris le goût au Mexique, mais ce matin il n'éprouvait aucun plaisir à le fumer. Il était trop inquiet pour cela : Miguel jouait une rude partie et Miguel était son ami.

Il écrasa son cigare brutalement sous son pied. Peut-être aurait-il dû le dissuader, lui montrer les dangers... Mais il comprenait trop bien Miguel. A sa place il eût fait de même.

18

Attentif aux bruits de la vallée — toujours ces aboiements de chiens et rien d'autre —, s'efforçant de maîtriser une nervosité qu'il n'avait plus éprouvée depuis combien d'années, il attendait.

Et il sursauta presque quand Miguel ouvrit la portière de la jeep. Il démarra et ce fut seulement après qu'il demanda :

— Alors, c'est fait?

Le silence de Miguel le surprit. Il lui jeta un bref regard. Pourquoi avait-il les yeux clos et ce visage figé, un visage de vieux?

— Non, finit par dire Miguel. Je croyais que c'était possible de tirer sur quelqu'un sans défense... eh bien, je n'ai pas pu... je ne suis pas un assassin.

La carabine était restée en travers de ses genoux. Il la lança sur la banquette arrière à côté du sac de pêche et de l'étui.

— Je peux te l'avouer maintenant, dit Sagardoy. Au fond, j'aime autant ça. J'avais promis de t'aider quand tu viendrais et il n'était pas question de changer d'avis, mais ça ne me disait rien cette affaire.

La jeep amorçait un virage en épingle à cheveux et il se tut le temps de le prendre, puis il reprit :

— Maintenant, qu'est-ce qu'on fait?

— Je vais rester dans le pays. Un jour ou l'autre, je trouverai bien un moyen de l'avoir. Mais face à face.

A la sortie du virage, on découvrait en contrebas les lacets de la route. A un kilomètre environ, un véhicule des douanes montait. La jeep disparut à un nouveau virage. La voiture des douanes suivait toujours.

— Tu as vu? dit Sagardoy.

— Oui, dit Miguel.

— Ils nous ont repérés, les salauds! Tu peux être sûr qu'ils ont déjà prévenu les autres là-haut! D'ici qu'ils nous attendent à un barrage...

La jeep prit un nouveau virage, puis encore un autre. Derrière elle, la voiture des douanes continuait à monter, et il semblait que la distance séparant les deux véhicules commençât à se réduire.

— Bon, dit Sagardoy. Il n'y a pas dix solutions. Tu vas sauter, te cacher, et on se retrouve cette nuit au cayolar. Je t'y attendrai.

Miguel prit sur la banquette arrière sa carabine et le sac de pêche. La jeep ralentit.

— Vas-y! dit Sagardoy.

Miguel sauta, débloula dans le ravin et disparut, tandis que la jeep, reprenant de la vitesse, poursuivait sa route.

L'instinct de Sagardoy ne l'avait pas trompé : il y avait bien un barrage trois kilomètres plus haut et deux véhicules des douanes. Les hommes étaient descendus sur la route et firent signe à Sagardoy de s'arrêter. Il obéit.

— Range ta voiture sur le bord, ordonna un premier douanier.

— Qu'est-ce que vous me voulez encore? demanda Sagardoy d'un air excédé.

— Tu verras bien! Coupe ton moteur.

Un brigadier s'approcha :

— Ton copain, où est-il passé?

Sagardoy prit un air stupéfait :

— Mon copain? Quel copain?

— Ça va, fit le brigadier avec un sourire, joue pas les innocents. Tu trimbalais un passager tout à l'heure.

De stupéfait Sagardoy se fit indigné :

— Ça alors, c'est la meilleure. Une vraie histoire de

fous! Il faut croire que vous avez du temps à perdre!

— C'est ce qu'on va voir, dit le brigadier dont le sourire moqueur avait disparu.

Il s'approcha de la camionnette-radio que Sagardoy avait repérée dès la première seconde. Il prit le micro :

— Allô, la patrouille?

Exactement ce que Sagardoy avait redouté : la voiture qui avait suivi sa jeep était en liaison radio avec le barrage ici. Et eux avaient vu Miguel assis à ses côtés. La seule chance de s'en tirer était qu'ils ne puissent le retrouver.

Le brigadier continuait à parler dans le micro :

— On le tient mais bien entendu il est seul. Qu'est-ce qu'on en fait? (Il écouta la réponse, reprit :) D'accord. Fourcade va le convoyer avec la jeep. Ils partent tout de suite.

Il revint vers Sagardoy :

— Allez, monte dans notre jeep.

— Pour quoi faire?

— Parce qu'on te le dit.

Sagardoy prit son air le plus buté :

— Et la mienne alors, qu'est-ce qu'elle devient?

— T'inquiète pas, elle suit. On s'en occupe.

— Vous trouvez pas que vous exagérez? dit Sagardoy en montant dans la jeep des douanes.

Il jouait un rôle qu'il savait par cœur, qui lui avait été utile souvent, parfois même l'avait amusé, mais ce matin il était terriblement inquiet pour Miguel.

Il le fut plus encore lorsque les deux jeeps, se suivant et redescendant, s'arrêtèrent près de la voiture de patrouille stoppée au bord de la route, presqu'à l'endroit où Miguel avait sauté. Les douaniers tenaient en laisse un chien policier qu'ils firent monter dans la jeep de Sagardoy. La bête flaira longuement la place où Miguel s'était assis puis le bas-côté de la route.

— Alors, demanda Sagardoy avec mépris, il vous faut des chiens maintenant ? C'est complet... Pourquoi n'essayez-vous pas, vous aussi ? (Il renifla bruyamment.) Parce que du flair, vous en avez, et des visions aussi !

Il s'efforçait de ne pas regarder le chien qui, brusquement, tirait sur sa laisse en aboyant et commençait à descendre dans le ravin. Deux douaniers équipés de walkie-talkie descendirent dans le ravin à sa suite. La jeep radio de patrouille s'éloigna sur la route.

— Tu vois, Sagardoy, dit en ricanant un douanier, quand on cherche, on trouve !

Les autres rirent à leur tour. Sagardoy leur opposa un visage muré, un haussement d'épaules :

— Vous n'avez pas encore trouvé !

Au bout d'un moment, un des douaniers s'approcha de la jeep de Sagardoy, ouvrit le capot :

— Voyons un peu cette voiture, si on regardait ce qu'elle a dans le ventre !

Sagardoy regardait impassible le douanier fouiller le moteur, ouvrir le delco :

— C'est le passager que vous cherchez là-dedans ?

Plus attentif aux gestes de l'autre douanier qui parlait dans le poste radio, il s'efforçait de comprendre les bribes de conversation qui lui parvenaient : « Allô, je vous écoute. » — « D'accord on arrive. » — « Il se dirigerait vers Burkeguy, compris, on y va. »

... Vers Burkeguy... Ils avaient donc repéré Miguel... Lui, de son côté, se savait-il suivi ? Et quelle chance avait-il à présent de leur échapper avec ce maudit chien !

La colère et l'inquiétude durcissaient son visage aux

méplats accusés, creusaient d'une ride profonde la joue
près de la bouche.

Le douanier avait raccroché le micro, appelait son collè-
gue toujours penché sur le moteur de la jeep de Sagardoy.

— Le brigadier a appelé. Il a dit d'aller le rejoindre au
deuxième barrage. (Il désigna Sagardoy.) Lui, qu'est-ce
qu'on en fait ?

— On le laisse là ! (Il tenait à la main le rotor du delco,
le mit dans sa poche, débrancha les fils des bougies, puis il
regarda Sagardoy, un sourire satisfait aux lèvres.) Amuse-
toi bien avec ta jeep et quand tu voudras démarrer,
appelle-moi !

Il sauta dans la camionnette-radio.

Sagardoy n'avait pas bougé mais il dit lentement, déta-
chant les syllabes : « Bande de salauds ! »

*
* *

... Quelle chance avait-il de s'en tirer ? Miguel, lui aussi,
se posait la question. Depuis que tout à l'heure, lorsqu'il
avait bien fallu marcher en terrain découvert, il les avait
aperçus, trois hommes et, devant eux, le chien, il avait
compris. Qui pouvaient-ils chercher d'autre que lui ?

Il revint sur ses pas, s'apprêtait à déboucher sur la route,
aperçut juste à temps la jeep des douaniers, se rejeta à
même les éboulis, se laissa glisser le long des caillasses qui
roulaient sous le pied, le déséquilibraient sans cesse, et les
arêtes de quartiers de roches auxquels il s'accrochait lui
arrachaient la peau des mains.

Le soleil déjà haut chauffait les pentes nues. Sa carabine

l'encombrait et le sac de pêche lui cognait le dos. Il s'arrêta, souffla un peu, guetta les bruits. Au loin des chiens aboyaient et il se rappela l'autre chasse, celle aux sangliers...

Des roches roulèrent, dangereusement près. Les douaniers et leur chien se rapprochaient. La jeep, là-haut, le coinçait... Le cercle s'amenuisait dans lequel il tournait. Brusquement il se souvint du torrent et courut dans sa direction. L'eau effacerait toute odeur, toute trace et le flair du chien échouerait au bord.

Il entra dans le torrent et commença à remonter le courant, prudemment, péniblement, car les galets ronds étaient autant de pièges où glissaient ses pieds. Il fallait qu'il atteigne la cascade avant que les douaniers n'approchent du torrent.

Il y parvint, se cacha derrière les quartiers de roc. Le bruit de l'eau l'assourdissait, couvrant tous les autres. Il vit les douaniers longer le torrent avec leur chien, dépasser la cascade, hésiter, s'arrêter, revenir sur leurs pas, encourager le chien qui flairait, hésitait lui aussi, tournait à droite, à gauche... Miguel ne pouvait entendre leurs paroles et il demeura immobile, caché dans les rochers, un long moment après qu'ils furent partis sans parvenir à réaliser qu'ils avaient renoncé, qu'il était sauvé.

Il n'avait plus désormais qu'à attendre la nuit.

... Auprès du col, les chasseurs, rassemblés faisaient cercle autour du sanglier mort. Le commandant Ériart exultait.

— Félicitations, Louis, joli coup de fusil !

Claire-Marie était heureuse de cette chasse où le sanglier s'était bien défendu, heureuse de la beauté du jour, tout ce soleil sur la montagne et cet air qu'on dirait bleu. Elle rit.

Un beau rire, triomphant et grave. Laurent envia son entrain. Lui, les fins de chasse l'écœuraient toujours...

Miguel marchait une fois encore, son sac de pêche sur l'épaule, sa carabine à la main, dans la nuit de montagne froide et claire ; trop claire à son gré. La brume de la veille l'eût mieux arrangé. Il avançait avec prudence, lentement, et ses habits qui n'avaient pas pu entièrement sécher le glaçaient. L'excitation de la poursuite était loin et le soulagement de leur avoir échappé. Il ne sentait plus que la fatigue, le froid et une profonde lassitude.

Arrivé au cayolar, il poussa la porte et entra. La lampe à carbure était allumée et un inconnu le regardait. Le premier mouvement de Miguel fut de pointer sa carabine mais l'homme dit avec calme :

— N'aie pas peur, c'est Sagardoy qui m'envoie.

— Pourquoi ? Il lui est arrivé quelque chose ?

— Non, dit l'homme, mais il est surveillé. Alors il préfère être prudent. Je passais avec mon troupeau sur la route. Il était à réparer sa voiture. Il m'a demandé de venir ici et de te ramener en Espagne.

— Ici je ne risque rien !

— Même ici ils peuvent te trouver. Tout le secteur est en alerte. Ne t'inquiète pas, fit-il après un silence, dès que ce sera redevenu calme, on te préviendra et tu pourras revenir.

Miguel avait laissé retomber le canon de la carabine et se tenait adossé au mur du cayolar, si visiblement épuisé que le berger hocha la tête :

— Il va encore falloir marcher. Tu n'es pas trop crevé ?

— Non, dit Miguel en se redressant machinalement. Ça ira.

— Alors il faut partir si on veut être à la frontière avant l'aube. (Il désigna la carabine.) Tu la laisses ici parce que je ne prends pas le risque de faire passer un homme armé. On ne sait jamais ce qu'il peut faire s'il y a un ennui.

Miguel eut un haussement d'épaules fatigué :

— Je suppose que je n'ai pas le choix ! Allons-y !

Un peu avant l'aube ils atteignirent une crête. Le berger s'arrêta :

— Te voilà en Espagne et tiré d'affaires. A partir de là tu ne risques plus rien.

— Merci, dit Miguel et à bientôt.

— Bonne chance, et que Dieu te garde...

II

Sagardoy avait fixé le rendez-vous en début de matinée, à ce carrefour de routes nationales où le camion qui l'avait pris en stop en Espagne venait de déposer Miguel.

Il avait franchi la frontière, ouvertement cette fois, et ses bagages étaient plus importants. Il y avait entre autres une guitare posée sur l'herbe du bord de route auprès duquel il attendait.

La jeep arriva assez vite, stoppa. Miguel monta.

— Alors, dit Sagardoy, ça n'a pas été bien long, tu vois. Quinze jours. J'ai connu des fois où il fallait plus de temps pour se faire oublier !

— Tu crois qu'ils ont vraiment oublié ou qu'ils font semblant ?

— Ça ! En tout cas, ils me laissent tranquille et le secteur est redevenu calme. Alors je t'ai fait signe. Qu'est-ce que tu comptes faire à présent que tu es là ?

— Rester quelque temps dans le coin. Pour ça, il faudrait que je trouve du travail. Tu n'aurais pas une idée ?

— Y a guère que dans une ferme, un gros domaine. Haltçaï par exemple. J'y connais le régisseur, Pascal.

— Et les maîtres, tu les connais ?

— De maître à Haltçaï, il n'y a plus qu'une femme, l'héritière des Élissalde. Jeune et veuve. Si Pascal veut t'embaucher, c'est pas elle qui s'y opposera, va ! Justement j'ai chargé tout à l'heure quelques brebis malades d'un des troupeaux qui descendent de la montagne. C'est jour de tonte à Haltçaï. Tu vas voir cette agitation!

De fait, la cour d'Haltçaï était remplie de bergers, d'animaux, de cris, et un homme âgé mais très droit s'avança vers la jeep :

— Alors Sagardoy, qu'est-ce que tu nous amènes?

— Quelques éclopées du troupeau de Guillaume. Il sera là dans une heure ou deux. (Il posa sa main sur l'épaule de Miguel qui était descendu lui aussi de la jeep.) Tiens, Pascal, je te présente Miguel, un ami du Mexique. Je l'ai connu là-bas. Tu sais, la grande hacienda où je suis resté cinq ans, il y était aussi.

Pascal tendit la main à Miguel :

— Soyez le bienvenu.

On sentait que ce n'était pas une formule dans la bouche de ce vieil homme mais l'expression sincère d'un souhait d'accueil. Miguel y fut sensible.

Pascal lui plaisait comme lui plaisait, fermant le fond de la cour, la haute maison dont les murs étaient faits des mêmes galets gris que ceux que roulent les gaves, mais dont le toit de tuiles roses adoucissait l'austérité.

— Dis-moi, fit Sagardoy, montrant l'agitation qui régnait dans la cour, tu m'as l'air d'avoir un beau chantier!

— Le retour des troupeaux, dit Pascal avec calme, tu sais ce que c'est. Mais après le travail il y a la fête. Vous restez avec nous, j'espère?

— Si tu nous invites, dit Sagardoy avec malice. En attendant, on va te donner un coup de main.

— Ça, je ne refuse pas. Tu connais la manœuvre, explique-la à ton ami. À tout à l'heure.

— C'est facile, dit Sagardoy à Miguel. Tu vois le troupeau qui arrive. Il faut le séparer en deux, d'un côté les

28

bêtes pour la laine, de l'autre celles pour les côtelettes — les condamnés à mort... (Il désigna deux bergers.) Aide ceux-là à parquer de ce côté. Moi, je vais de l'autre.

Miguel lui fit un petit salut moqueur :

— Bien, chef !

Il se mit au travail au moment où le commandant Ériart sortait de la maison. Claire-Marie le raccompagnait. Tous deux s'arrêtèrent un instant sur le seuil à regarder l'agitation dans la cour.

— Quand je pense, dit le commandant Ériart, à tout le mal que nous nous donnons pour entretenir des domaines qui rapportent des sommes dérisoires, je me demande parfois si ça vaut la peine de continuer !

Sous le ton, légèrement sentencieux comme d'ordinaire, perçait une amertume inhabituelle et Claire-Marie le regarda avec surprise :

— Je ne vous comprends pas. Mais si nous, nous abandonnons, qui restera ? D'où nos familles ont-elles tiré leur force sinon de ces domaines, de cette terre ?

Comme Ériart se taisait, elle reprit avec le même élan :

— C'est dur, c'est entendu, mais c'est aussi une mode de toujours se plaindre. Je croyais que vous étiez de cet avis, commandant ?

— Claire-Marie, dit Ériart d'un ton de reproche, je vous ai demandé cent fois de ne plus m'appeler « commandant »!

Un éclair de malice passa dans son regard et elle dit avec une intonation faussement respectueuse :

— Bien, monsieur le maire.

Le commandant Ériart prit le parti de rire :

— C'est ça, moquez-vous ! Mais pour en revenir à l'objet de ma visite, il faut tenir tête aux acheteurs étrangers, sans quoi nous nous mettons à leur merci. Ils ne cherchent qu'à nous exploiter ! Surtout vous, une jeune femme seule qui...

— Oh, non, coupa-t-elle d'un air agacé, je vous en prie. Pour une fois que vous m'aviez épargné ce refrain...

Tout en parlant, ils avaient traversé la cour et Ériart répondait d'un signe de tête aux saluts des bergers. Près de la porte d'une des étables, il aperçut Sagardoy et fronça les sourcils. Cent fois il avait mis en garde Claire-Marie contre ce personnage qu'il estimait douteux. Mais c'était peine perdue : il était l'ami de Pascal en qui elle avait toute confiance, et cela suffisait à lui ouvrir les portes d'Haltçaï ! Quant à lui, prêcher dans le vide semblait être son lot si encore elle n'ironisait pas à tout propos, comme en ce moment...

Ériart était mécontent et le montra :

— Je suis peut-être ridicule, fit-il sèchement en ouvrant la portière de sa voiture, mais votre situation m'inquiète. Tant de charges pèsent sur vous ! Si j'essaie de vous aider, c'est en tant que vieil ami de vos parents et en souvenir de votre mari que j'aimais beaucoup...

Claire-Marie posa affectueusement sa main sur le bras du commandant :

— Mais je le sais, Jean ! Et, tenez, j'ai justement un service à vous demander : pourriez-vous nous laisser vos hommes jusqu'à ce soir ? On manque de personnel pour des journées comme celles-ci.

Elle le regardait avec tant de confiance qu'Ériart oublia son mouvement d'humeur :

— J'ai déjà donné mes instructions à Mendiboure. Il restera avec mes hommes jusqu'à ce que vous n'en ayez plus besoin.

30

— Merci. Et à charge de revanche.
— Bien entendu.

En montant dans sa voiture, il ne put s'empêcher de jeter encore un regard du côté de Sagardoy. Il parlait avec Pascal et avec un garçon qu'Ériart n'avait jamais vu nulle part : jeune, mince, brun, et pas l'allure d'un valet de ferme... Une seconde, ses yeux croisèrent ceux de l'inconnu et Ériart éprouva un malaise : pourquoi ce garçon le dévisageait-il ainsi ?

Lorsque la voiture eut franchi le portail d'Haltçaï, Pascal haussa les épaules :

— Celui-là, fit-il avec hargne, on se passerait de ses conseils ! Je me demande pourquoi « mademoiselle » perd son temps à l'écouter !

Sagardoy lui fit une grimace de connivence :

— Hé, plains-toi ! Il te prête Mendiboure ! Son propre régisseur !

— Il aurait pu se le garder ! Un chercheur d'histoires plus qu'un travailleur ! Enfin...

Miguel était rentré dans l'étable. Sagardoy dit :

— À propos de travail, tu n'aurais pas un emploi ici pour mon ami Miguel ? Il en cherche un et c'est un type sérieux, tu peux me croire.

— Oh, le travail, ce n'est pas ça qui manque. Moi je ne dis pas non, mais je peux pas décider seul. Il faut que j'en parle à mademoiselle.

Claire-Marie, qui l'observait, remarqua combien sa silhouette maigre s'était voûtée ces derniers temps et il traînait nettement sa jambe droite — ses rhumatismes devaient le tourmenter... Pauvre Pascal qui ne voulait pas admettre qu'il vieillissait et que régir un domaine de l'importance d'Haltçaï dépassait de plus en plus ses forces...

Elle retrouvait Pascal à chaque souvenir de son enfance, de son adolescence. Le sourire de Pascal, les gronderies de Pascal et ces biscuits à l'anis, cachés dans un recoin de son bureau et dont la dureté souveraine faisait tomber d'un coup les dents de lait qui commençaient à remuer! Des biscuits dont sa femme Agna, la cuisinière, n'avait jamais dû soupçonner l'existence...

Pourquoi fallait-il, songeait Claire-Marie en rentrant dans la maison, que les êtres que l'on aimait vieillissent? La mort, en un sens, lui semblait moins cruelle, qui tranchait dans le vif. La mort de François... D'un coup, au volant de sa voiture de course, à vingt-six ans. Et son rire, pendant des semaines, présent, obsédant. Son rire éclatant... Les traits de son visage, Claire-Marie ne les revoyait jamais nettement, seulement ce rire...

Deux ans le printemps prochain... et parfois elle se surprenait à penser que ce qu'elle avait aimé en lui c'était peut-être uniquement cela : une insouciance d'enfant gâté, une ardeur assez folle qui le poussait à rechercher le danger, tous les dangers...

Elle secoua la tête, mécontente d'elle-même. François était mort. Peu importait ce qu'il avait été. Elle se dirigea vers la cuisine et retint un soupir : on entendait jusque dans le corridor la voix d'Agna qui tançait vertement Baptista. La petite n'était pas très dégourdie, c'est vrai, mais les jours de grande presse, Agna n'était pas à prendre avec des pincettes!

Claire-Marie ouvrit la porte et se vit sur-le-champ prise à témoin par la cuisinière :

— Ah, mademoiselle, ce n'est pas possible! Aujourd'hui

j'en ai trente à nourrir et je ne sais même pas pour quelle heure. « Quand le travail sera fini » qu'ils me disent! Comme si mon travail à moi n'était rien! Comment voulez-vous que ce soit bon!

— Voyons, Agna, chaque année c'est la même antienne, et chaque année tout le monde après te fait des compliments!

Mais Agna ne désarmait pas aussi aisément!

— Chaque année, oui... mais cette fois c'est la dernière, je vous le dis bien en face, mademoiselle. L'an prochain, qu'ils aillent donc manger à l'auberge de la mère Dacot. Elle, c'est son métier!

— Agna, fit Claire-Marie d'un ton de reproche, c'est toi qui parles comme ça? Et les traditions alors?

— Les traditions, c'est bien joli, mais, voulez-vous que je vous dise, mademoiselle, la maison est trop lourde. Pascal et moi on vieillit. Vous non plus vous ne pourrez pas tenir longtemps, comme ça, toute seule. Il faut un homme pour mener un domaine!

Claire-Marie dit avec un début de colère :

— Décidément, vous vous êtes donné le mot ce matin! Le commandant tout à l'heure, toi à présent! Un homme pour diriger Haltçaï! Le commandant, peut-être? Ça te plairait que je l'épouse?

— Dieu non! fit avec rondeur Agna. Pas celui-là! Mais il n'en manque pas d'autres qui seraient trop heureux d'entrer à Haltçaï!

— Peut-être, dit avec un petit sourire Claire-Marie, mais il ne me semble pas que ce soit le moment d'en discuter et je suis assez grande pour décider toute seule, tu ne crois pas?

Et elle quitta la cuisine. Agna secoua violemment le

33

torchon qu'elle tenait à la main, ouvrit le four en grognant :

— Tête de bois et soupe au lait, comme son pauvre père !

— Pourquoi, demanda avec curiosité Baptista, l'appelez-vous toujours mademoiselle ? Puisqu'elle a été mariée !

— Six mois, est-ce que ça compte dans une vie ? Six mois mariée, et ce qui devait arriver est arrivé : ces fils d'Arrègue, ils ne vivent que pour leurs autos, pour leurs courses et lui c'était le plus enragé. Comme si c'est une occupation pour un homme sérieux, les voitures ! Allez, fit-elle se redressant, rouge de la chaleur du four, reste donc pas là à bader, lanterne ! Tu les vois pas, peut-être, tous ces oignons à éplucher ?

*
*   *

La table avait été dressée dehors, devant la maison, et l'ombre des mûriers tamisait le soleil de septembre.

Le repas touchait à sa fin et Claire-Marie, qui le présidait, était satisfaite : en dépit des grogneries d'Agna, tout s'était déroulé selon les rites d'une hospitalité généreuse qui avait toujours été celle d'Haltçaï.

La tradition voulait que maintenant les chants commencent. Un berger s'était déjà levé et entonnait un vieil air basque dont l'assistance reprit en chœur le refrain.

Claire-Marie chantait avec les hommes. Elle chantait, songeait Miguel qui l'apercevait de l'autre bout de la table, avec une sorte de foi et le son un peu guttural des mots basques s'accordait bien à ce visage devenu grave.

Miguel observait les uns et les autres depuis le début du repas, depuis que Sagardoy lui avait glissé, juste avant de passer à table : « J'ai parlé à Pascal. Pour qu'on t'embauche ici. Lui est d'accord, mais il faut qu'il en parle à Mme d'Arrègue. T'inquiète pas. A mon sens, ça fera pas un pli. Ils manquent de main-d'œuvre et recommandé par lui, tu es tranquille ! »

Miguel le pensait aussi et il regardait cette maison qui allait être son cadre de vie, ces gens qu'il allait côtoyer, pendant... (il eut un sourire amer) Dieu seul sait pendant combien de temps...

Le chant basque achevé, une voix cria :

— Hé, l'étranger, une chanson !

Il mit une seconde à réaliser que « l'étranger » ce ne pouvait être que lui et cela lui fut désagréable — il se sentait bien à cette table d'Haltçaï, bien pour la première fois depuis des mois. Le garçon continuait à corner sur l'air des lampions : « L'étranger, une chanson ». Et Miguel vit qu'il n'appartenait pas aux gens d'Haltçaï mais qu'il était du groupe de Mendiboure, le régisseur du commandant Ériart.

Son visage se durcit mais il répondit courtoisement :

— Je n'en connais pas, je ne sais pas chanter.

— Hé, reprit le garçon qui était déjà éméché, si tu sais pas chanter, joue de la guitare, t'en trimbales une, c'est pour du beurre ?

Claire-Marie eut un geste impatienté devant l'insistance grossière de cet Adrien, le neveu de Mendiboure qu'elle n'aimait déjà guère. La politesse à l'égard d'un étranger était une tradition à Haltçaï et elle entendait qu'on la respecte.

— Je vous en prie, dit-elle en souriant à Miguel. Cela nous ferait plaisir à tous.

Il s'inclina sans rien dire, prit sa guitare et commença à jouer en sourdine comme l'on accompagne un chant. Puis il se mit à réciter les vers d'un poème espagnol :

— *Cent cavaliers en deuil, où s'en vont-ils par le ciel gisant de l'orangeraie? — Ni à Cordoue, ni à Séville n'arriveront, ni à Grenade qui soupire après la mer? — Percés de leurs sept plaintes, où s'en vont-ils les cavaliers andalous de l'orangeraie?... — Cien jinetes enlutados, donde iran, por en cielo yacente del Naranjal... Ni a Cordoba, ni a Sevilla...*

Claire-Marie fut la seule à reconnaître les vers du Camino et elle observa plus attentivement cet étranger qui récitait de mémoire Lorca, sans regarder personne et avec un visage amer. Que venait-il donc faire à Haltçaï?

Elle se retira dans la maison peu après et l'ambiance autour de la table prit un tour plus débridé. On se retrouvait entre hommes.

Miguel avait envie de s'en aller lui aussi mais il ne voulait pas avoir l'air de fausser compagnie à Sagardoy non plus que de se montrer impoli vis-à-vis de Pascal qui, Claire-Marie partie, jouait un peu les maîtres de maison.

Le crépuscule était venu, apportant une fraîcheur soudaine, et les fleurs de volubilis se fermaient le long des murs les plus tièdes, ceux exposés au sud. Autour de la table, les propos devenaient de plus en plus décousus et les rires sonnaient en déraillant un peu.

Mendiboure, le régisseur d'Ériart, pérorait dans un groupe et sa voix s'éleva soudain d'un ton, plus péremptoire que de coutume :

— Quand j'étais dans la résistance...

Un convive coupa sans façon, l'air goguenard :

— Tu vas pas nous ressortir ton histoire de sanglier dressé pour faire peur aux Allemands!

— Rigolez pas avec ça, riposta Mendiboure, furieux, la résistance, c'était sérieux.

— Tais-toi, dit soudain Pascal. Tu n'as pas le droit de parler de la résistance.

Il avait parlé avec calme mais d'un ton ferme et il se fit un silence.

— Comment je n'ai pas le droit? hurla Mendiboure. Et les aviateurs, qui est-ce qui les conduisait en Espagne avec Ériart? C'est pas moi peut-être?

— Et ceux que tu as refusé de passer parce qu'ils ne pouvaient pas payer! Des pauvres gens qui avaient les Allemands après eux! Tu crois qu'on ne le sait pas dans le pays?

La voix de Pascal à présent cinglait et Mendiboure se leva de table, hors de lui :

— Je vais te faire taire, menteur!

Pascal se leva aussi et martelant ses mots :

— Non je ne me tairai pas! Il faut être une belle charogne pour faire ce que tu as fait!

Mendiboure se jeta sur lui :

— Redis-le que je suis une charogne!

Pascal empoigna Mendiboure au col et le secoua :

— Oui, je le redis! Il y a que l'argent qui compte pour toi. Pour quelques sous tu tuerais père et mère!

Adrien se précipita pour dégager son oncle Mendiboure mais il mesura mal sa force. Pascal était un vieil homme que le coup de poing d'Adrien déséquilibra. Il partit en arrière et s'effondra sur la table. Il se releva blême de rage, prêt à se battre. A ce moment, Miguel s'interposa et s'adressant à Adrien :

— Toi, le costaud, si tu veux te battre, choisis quelqu'un de ton âge !

— Toi peut-être, fit Adrien relevant le défi.

— A ta disposition.

Ils commencèrent à se battre. Tous les convives avaient fait cercle et commentaient chaque coup reçu ou donné. Plus lucide et plus rapide qu'Adrien, Miguel eut vite l'avantage mais Adrien, ne voulant pas s'avouer vaincu, se releva plusieurs fois avant de s'effondrer tout à fait.

— Je ne suis pas méchant, fit un des bergers, mais ça me fait plaisir qu'il ait pris une raclée au moins une fois. Ça va lui en faire rabattre un peu !

Mendiboure empoigna les deux hommes de la propriété d'Ériart qui étaient venus avec lui, vociférant :

— Alors, vous autres, on nous assassine et vous restez bras ballants ! Aidez-moi au moins à le relever, feignants !

Ils relevèrent Adrien à demi inconscient et le soutinrent pour qu'il puisse marcher.

— C'est trop fort ! cria Mendiboure. On vient rendre service, on se crève la peau, et pour vous remercier on vous insulte, on vous tape dessus ! (Se retournant vers Pascal :) Ça va vous coûter cher à ton copain et à toi ! Tu peux compter sur moi !

— Eh bien, dit Sagardoy en s'approchant de Miguel, tu n'y es pas allé de main morte !

— J'ai eu tort. Je n'aurais pas dû cogner si fort, mais il m'a énervé cet imbécile !

Il aperçut Claire-Marie qui était redescendue dans la cour, attirée par le tapage, et se faisait expliquer l'affaire par Pascal. Miguel se dirigea vivement vers elle :

— Je vous prie de m'excuser, madame. J'ai été un peu vif.

Claire-Marie eut un petit geste de main :

— Ce n'est pas vous qui avez provoqué l'incident. Je connais Adrien... Je vous remercie d'avoir évité qu'il ne s'en prenne à Pascal. Bonne nuit.

Pascal attendit qu'elle fût rentrée dans la maison, puis il dit d'un air soucieux :

— Je n'aime pas bien ça. Mendiboure est un sale oiseau et quand il veut faire du mal, il sait s'y prendre.

Le lendemain matin Claire-Marie était dans son bureau en train de vérifier des comptes lorsqu'un Pascal, blême de colère, introduisit le brigadier de gendarmerie. Ce dernier semblait mal à l'aise :

— Excusez-moi, madame, de vous déranger si tôt, mais je désirais vous voir.

Claire-Marie eut un sourire amusé :

— Au sujet de l'incident d'hier soir, je suppose ? Il n'y a rien eu de grave. Les esprits étaient un peu échauffés. C'est déjà oublié !

La gêne du brigadier s'accroissait :

— Oui... Je comprends... mais... (il regardait son ceinturon fixement et dit tout d'un trait :) ce n'est pas pour cela que je suis venu avec mes hommes.

Claire-Marie haussa un sourcil :

— Avec vos hommes ? Et pour quelle raison, je vous prie ?

Elle dressait insolemment son petit nez et le brigadier eut un soupir rentré — cette mission, quelle corvée !

— Eh bien, madame, nous avons appris qu'il y avait des étrangers à Haltçaï, des gens qui ne seraient pas tout à fait en règle...

Il y eut un silence.

— Vous avez « appris », dit Claire-Marie en appuyant sur le mot. Et par qui ?

Le brigadier eut un geste vague :

— C'est-à-dire que, selon certains renseignements...

Il s'arrêta. Claire-Marie venait de rire. Un petit rire méprisant.

— Des renseignements ! Appelons les choses par leur nom, voulez-vous ? Il est évident qu'il s'agit d'une dénonciation !

— Non... enfin pas exactement... (son ton se fit plus sec). Et dans la mesure où nous sommes informés, nous devons procéder à une enquête.

— Je réponds de toutes les personnes qui sont sous mon toit. Cela devrait vous suffire.

— Nous en tiendrons compte, certainement, madame, mais c'est un délit grave de passer une frontière en fraude et nous sommes tenus de vérifier.

— Si je comprends bien, dit avec colère Claire-Marie, il suffit que le premier venu raconte n'importe quoi pour que l'on vienne fouiller la maison des honnêtes gens. Je me charge de dire à vos chefs ce que je pense de pareils procédés.

Et tournant le dos au brigadier, elle se remit à vérifier ses comptes.

Dans la camionnette de gendarmerie qui les emmenait, Sagardoy fumait avec philosophie. Miguel semblait indifférent, ailleurs.

En arrivant au poste de police, le gendarme fit entrer Sagardoy seul dans le bureau de l'adjudant :

— Alors, Sagardoy, tu fais dans le clandestin à présent ? Ne joue pas les naïfs. Le type qui est à côté, le nommé... (il chercha dans un dossier) Mendeguia, Miguel Mendeguia, tu ne l'as pas passé clandestinement, hein?

— Moi? Mais jamais de la vie!

— C'est ça! Si on te connaissait pas, on pourrait te croire. Mais j'ai là de quoi te rafraîchir la mémoire. (Il ouvrit un autre dossier.) Il y a douze jours exactement tu passes la frontière à Arnéguy pour aller en Espagne. Le lendemain, on te retrouve en France. Par où es-tu rentré? Je serais curieux de le savoir. Ta voiture est sur la liste noire, je ne te l'apprends pas. Or elle n'a été signalée nulle part.

— Pour cause, répondit Sagardoy sans se troubler. Par Hendaye je suis rentré, et y avait une telle queue de camions, de voitures, de touristes que les douaniers du poste ils avaient pas le temps sans doute de pointer la liste noire!

L'adjudant tapotait du doigt la mine de son crayon :

— Admettons. Mais le lendemain, quand on repère ta jeep sur la route d'Éroïmendy, il y a un passager avec toi. Cinq minutes après, tu es arrêté à un barrage et plus de passager. Envolé! Tu ne me feras pas croire que s'il avait eu la conscience tranquille, il se serait envolé dans la nature, hein?

Sagardoy poussa un soupir d'homme incompris :

— Je me suis tué à leur dire aux douaniers : j'étais seul, seul, seul. Ils ont mal vu, c'est tout. La preuve : leur chien, il l'aurait trouvé mon « passager » si j'en avais eu un! Alors, vous n'allez pas remettre ça à votre tour.

L'adjudant tapotait toujours son crayon :

— Bon, très bien. Tu ne veux pas comprendre. On va changer de méthode. Tu t'es assez foutu de moi depuis un moment. Mais laisse-moi te dire que tu vas te retrouver pris en fourchette entre les confrères des douanes et nous, et alors là, tu vas voir ce que c'est les emmerdements en série. Tu ne pourras plus faire un mouvement sans qu'on te tombe dessus. Pour commencer, ta jeep, je peux la garder un moment pour les vérifications de sécurité. Parce qu'elle a au moins vingt-cinq ans et qu'elle est pas mal bricolée! Je voudrais bien avoir l'avis du service des mines...

— Vous n'allez pas faire ça...

Pour la première fois l'adjudant marquait un point : Sagardoy était inquiet. Il voulut profiter de l'avantage, reprit :

— Mais si tu me dis la vérité sur ce Mendeguia, au pire tu t'en tires avec une amende... Réfléchis bien, Sagardoy. Ton fameux copain, on le tient aussi, et lui peut-être se mettra à table. Et c'est toi qui paieras les pots cassés! Réfléchis!

Sagardoy avait repris son air le plus buté :

— C'est tout réfléchi. Je vous ai dit la vérité. Je n'y peux rien si vous ne voulez pas me croire!

Un gendarme fit sortir Sagardoy et Miguel entra à son tour pour être interrogé.

— Vous déclarez, demanda l'adjudant regardant le dossier, vous nommer Mendeguia Miguel, sujet mexicain né à Pueblo le 10 avril 1945?

— C'est exact.

— Vous connaissez les charges retenues contre vous?

— Non.

— Dans ce cas, je vais vous les préciser : vous êtes accusé d'être entré en fraude en France et d'avoir tenté de fuir le huit septembre dernier pour échapper à un contrôle des douanes.

Le ton de l'adjudant était froid mais cachait mal une certaine animosité.

42

— Je ne comprends pas, dit Miguel.

— Vous non plus, vous n'avez pas de mémoire ; la jeep de Sagardoy, le barrage, la poursuite, le chien policier... ça ne vous rappelle rien ?

— Rien. Si quelqu'un a été poursuivi par les douaniers il y a douze jours, je peux vous assurer que ce n'était pas moi.

— Alors, comment expliquez-vous votre présence en France ?

Miguel le regarda :

— De la façon la plus normale. J'ai franchi la frontière hier matin au poste des Aldudes comme le prouve mon passeport. Vous pouvez contrôler : je l'ai remis tout à l'heure à votre brigadier.

L'adjudant prit le passeport dans le dossier et l'ouvrit :

— Le visa d'entrée y est, je sais, mais... (il regarda à son tour Miguel) les papiers, ça se fabrique ou ça se maquille... Alors, si vous permettez, je vais vérifier et même très soigneusement. J'ai tout mon temps.

Il appela le planton :

— Ramenez-le de l'autre côté et envoyez-moi le brigadier.

*
* *

A Haltçaï, l'humeur était à l'orage. Pascal ne décolérait pas : ce Mendiboure, ce sale mouchard, se venger parderrière, dénoncer, comme ça lui ressemblait ! Pour une rossée à son neveu qui ne l'avait pas volée !

Il en parlait tout seul, Pascal, il en gesticulait, lui d'ordinaire si pondéré, et lorsqu'il aperçut la voiture du
commandant Ériart entrer dans la cour d'Haltçaï, il préféra
s'en aller plutôt que d'avoir à le saluer et il grognait entre
ses dents : tel maître, tel valet !

Le commandant Ériart traversa vivement la cour et Agna
le fit entrer dans le bureau. Il s'avança vers Claire-Marie :

— Je suis venu aussi vite que j'ai pu dès que j'ai appris
cette déplorable affaire...

Claire-Marie l'interrompit sèchement :

— Déplorable ! Ce n'est pas le mot que j'emploierais. Je
trouve, moi, cette affaire révoltante !

— Je comprends votre réaction, fit Ériart d'un ton
conciliant, mais il ne faut pas non plus dramatiser...

Claire-Marie bondit :

— Parce que vous, vous trouveriez normal que l'on
vienne arrêter dans votre propre maison ceux à qui vous
offrez l'hospitalité, et ceci à la suite d'une dénonciation !

Le commandant Ériart eut ce petit mouvement de lèvres
qui trahissait chez lui l'embarras :

— J'admets que le procédé n'est pas très délicat, mais le
rôle des gendarmes est de...

Il ne put achever. Claire-Marie l'interrompait, excédée et
méprisante à la fois :

— Et qui vous parle des gendarmes ! La dénonciation
vient de quelqu'un de votre maison, vous le savez aussi
bien que moi. De plus, en tant que maire vous représentez
dans ce village l'autorité, et tout ce que vous trouvez à dire
est que le procédé manque de délicatesse ! Vous devriez
savoir le prix que l'on attache dans notre région aux lois de
l'honneur et de l'hospitalité. Je vois avec regret qu'elles
n'ont guère de sens pour vous.

Le visage du commandant Ériart, durci, contracté, semblait soudain taillé dans le buis et l'effort qu'il fit pour maîtriser sa voix la rendit rauque :

— Je préfère ne pas répondre et oublier ce que vous venez de dire. Je suis venu pour vous aider et je le ferai, mais je crois inutile de poursuivre cette conversation.

Il s'inclina avec raideur et sortit.

Claire-Marie se mit à marcher de long en large dans la pièce, puis elle ouvrit en grand la porte-fenêtre et, sifflant son chien, partit dans le bois qui longeait le jardin.

Elle réfléchissait à une riposte possible. Ériart avait beau jeu de dire qu'il ne fallait pas dramatiser ! C'était le renom d'Haltçaï qui était en jeu tout de même, l'hospitalité des Élissalde, connue dans tout le pays, dont on venait de se moquer !

Mais il y avait un moyen bien simple de relever le défi : la veille au soir, Pascal lui avait demandé d'engager ce garçon, Miguel... Comment s'appelait-il déjà ? Un nom en a... Peu importait ! Sagardoy le recommandait et le disait bon travailleur. Eh bien, (elle eut un petit sourire) dès qu'il serait relâché, elle l'engagerait à Haltçaï et pas comme valet de ferme, non, pour seconder Pascal. Aide-régisseur. On verrait alors la mine que ferait ce gredin de Mendiboure et Ériart qui le défendait si bien !

*
* *

Le commandant Ériart, toujours si prudent, dévala en trombe les rues du village et stoppa dans des crissements de pneus devant la gendarmerie. Il entra comme une bourrasque à l'intérieur du poste et l'adjudant eut à peine le temps de se lever et d'ouvrir la porte de son bureau. Le commandant s'y engouffra, l'adjudant à sa suite.

Il y eut un petit temps de silence pendant lequel, visiblement, Ériart faisait effort pour reprendre son calme.

— Je passe vous voir au sujet de cette affaire d'Haltçaï.

— Oui, dit l'adjudant embarrassé. Elle vous concerne un peu... enfin... par personne interposée... votre régisseur, Mendiboure, s'y est trouvé mêlé de plusieurs manières, je crois...

Le commandant Ériart fronça les sourcils et sa voix se fit sèche :

— Je ne suis pas venu à titre personnel mais en tant que maire. J'aime savoir ce qui se passe dans ma commune. Cet homme que vous avez arrêté, est-il entré en fraude ? Oui ou non ?

L'adjudant hocha la tête :

— Officiellement non. Il a un passeport. J'ai vérifié auprès du contrôle des frontières du consulat. Tout est en règle. Et pourtant, reprit-il avec colère, je suis sûr que c'est lui qui se trouvait avec Sagardoy le huit septembre et qui a échappé aux douaniers du côté d'Éroïmendy.

— Peut-être, dit Ériart encore plus sèchement, mais vous n'avez pas de preuves. En l'arrêtant, vous êtes allé un peu vite, vous ne trouvez pas ?

L'adjudant parut vexé :

— C'est possible. Mais... (il regarda Ériart en face) si l'on nous donne un renseignement, nous sommes bien obligés d'en tenir compte. Et ce renseignement était très précis !

— Bon, bon, fit Ériart avec agacement. Que comptez-vous faire à présent ? Le relâcher ?

— Ça ne me plaît guère mais je suis bien forcé ! Sagardoy, celui-là, on le connaît, il est bon à tout et Mendeguia, de son côté, n'est pas le premier venu. Pourquoi est-il en France ? Mystère ! Pour moi, c'est clair, une affaire de trafic. Seulement voilà, de quel genre ? Re-mystère...

— Oui, dit Ériart, si vous ne le relâchez pas, on risque des ennuis avec le consulat. Vous pourriez le faire surveiller discrètement... Il a un visa de touriste, je suppose ? Donc valable un mois. C'est court et pour le faire renouveler...

Il eut un petit sourire, l'adjudant aussi :

— Il aura quelques difficultés, soyez tranquille, j'y veillerai !

Ériart s'apprêtait à sortir lorsque, se ravisant, il demanda :

— Ce Mendeguia, il n'a pas, lui, donné le motif de son séjour en France ?

— Si, fit avec ironie l'adjudant, monsieur voyage, s'instruit, le reste le regarde ! (Il secoua la tête.) C'est pour ça que je dis que ce n'est pas le premier venu ; ces insolences-là, ça situe un homme mieux que des habits !

— Curieux tout de même, fit Ériart, et il était songeur.

*
* *

L'auberge était sur la place du village. Une petite auberge d'habitués, d'hommes qui venaient là siroter un verre en discutant le coup un moment, ou faire une partie de mouche. Ils se connaissaient tous et très à fond. Mendiboure, par exemple, qui était en train de pérorer au comptoir, tournant le dos à la porte, il pouvait bien faire toutes ses grimaces et jouer au fier-à-bras, à l'importantqui-a-le-bras-long, il n'obtenait d'eux qu'un silence un peu goguenard, assez méprisant.

Un silence qui humiliait Mendiboure et lui faisait multiplier ses rodomontades pour avoir l'air de ne pas saisir, comme il avait fait tout à l'heure celui qui ne voit pas quand le vieux Aguirre avait ostensiblement craché sur son passage en grognant : « Il paraît qu'y a des mouchards dans le pays maintenant... » Et Mendiboure redressait sa taille épaisse et pérorait contre « ces étrangers, ces vadrouilles... Pas si tôt arrivé que ça se croit tout permis ! Ça veut faire la loi chez nous ! J'allais tout de même pas laisser esquinter mon neveu sans rien dire, si ? »

Il quêtait une approbation qui ne venait pas.

— Je suis conseiller municipal, faudrait pas l'oublier, et j'ai le bras long quand je le veux ! Alors, les sauvages, les bandits de grand chemin, moi je dis en cabane, voilà leur place, et plus vite que ça ! Et j'en connais un qui est pas près d'en sortir, je vous le dis, moi !

Et soudain, venue de derrière lui, cette voix ironique :
— Vraiment ?

Il se retournait, voyait toutes ces faces hilares et, debout, l'étranger qui semblait s'amuser et, tout près, bien trop près, Sagardoy dont le visage ne présageait rien de bon. Comment avait-on pu les relâcher ? Sagardoy avançait encore plus près et Mendiboure, blême autant de rage que de peur, détalait par la porte de derrière, celle qui donnait sur la basse-cour. Et toute cette engeance de volaille qui se mettait à battre des ailes, à piailler, jolie escorte, oui ! Et les autres, dans l'auberge, qui ne se taisaient plus maintenant et qui riaient, mais riaient aux côtés de cet étranger !

III

Henri Élissalde... Depuis une semaine que Miguel accompagnait Pascal partout dans le domaine pour se mettre au courant, ce nom revenait sans cesse : « C'est M. Henri qui... M. Henri disait, du temps de M. Henri... » L'exploitation des carrières de pierre rouge que l'on vendait jusqu'à Bordeaux pour les dallages, c'était une idée d'Henri Élissalde, de lui aussi l'installation du vivier à truites, l'expansion de l'élevage des moutons. Et, curieusement, alors que chacun à Haltçaï prononçait volontiers ce nom, Pascal gardait le silence. En réponse à une question de Miguel, il avait répondu : « Il est mort en quarante-quatre, à la fin de la guerre. » Ni sa voix ni son visage n'incitaient à poursuivre et Miguel n'avait pas insisté. Il espérait qu'Agna serait plus bavarde : la cuisinière aimait tant parler !

Miguel travaillait justement avec elle, au vivier, en ce début d'après-midi exceptionnellement chaud et sec pour une fin septembre dans un pays océanique.

Le vivier était en contrebas d'un petit pré, au bord du gave bordé d'aulnes : une série de bassins rectangulaires où courait l'eau et qu'une frange de peupliers protégeait du soleil. C'était un endroit tranquille, lumineux et vert, et Miguel aimait y venir.

Agna et lui triaient les truites selon leur taille. Pascal s'était éloigné en compagnie de l'acheteur dont le camion était arrêté un peu plus haut au bord de la route.

Sans cesser de travailler, Agna observait la façon dont Miguel procédait et elle constata tout haut :

— Vous avez le coup d'œil, pour un novice. On dirait que vous avez fait ça toute votre vie ?

Et son petit œil vif et rond, assez semblable à celui des truites, se posa sur Miguel comme une question. Il se mit à rire :

— C'est que je suis doué !

Les truites sautaient dans la nasse en brefs éclairs d'argent et vous filaient aux doigts comme si elles avaient été badigeonnées d'huile.

— Je voulais vous demander, dit soudain Miguel et il s'arrêta.

— Quoi donc ? fit Agna.

— Comment est mort Henri Élissalde ?

Agna sursauta :

— Vous ne le savez pas ? (Elle regarda autour d'elle et baissa la voix.) Il a été assassiné. Deux mois avant la Libération, en passant en Espagne.

Miguel avait levé la tête :

— Assassiné par qui ?

— Par quelqu'un du village. Ça a fait du bruit à l'époque. Certains ont dit que ça n'était pas sûr que ce soit lui. En attendant les juges l'ont condamné et il a été fusillé parce que c'était lié, vous comprenez, à la Résistance, ce n'était pas un crime ordinaire mais de guerre, comme ils ont dit. Pascal le connaissait bien.

Miguel semblait suivre le vol lent d'une feuille de peuplier, une des premières jaunes. Elle planait, juste détachée de la branche et comme hésitante à venir se poser sur l'eau ou sur l'herbe.

— Pascal, lui, qu'est-ce qu'il en pense ?

— Depuis vingt-cinq ans, il n'a jamais voulu en reparler.

— Vous, Agna, vous avez bien une idée?

Agna haussa les épaules :

— Oh! moi, j'ai entendu ce que racontaient les uns et les autres mais je n'étais pas bien au courant et puis, ce sont des histoires d'hommmes! Ce que je sais, c'est qu'il y a tout un dossier dans la bibliothèque, à Haltçaï. C'est le père de M. Henri qui l'avait rassemblé mais je n'ai jamais regardé dedans. Pour quoi faire? Ça nous l'aurait pas rendu vivant, M. Henri! Alors...(elle se retourna en entendant un bruit de pas sur la route qui dominait le vivier). Voilà mademoiselle. Elle non plus n'aime pas qu'on en parle. Sans doute que ça la fait penser à la mort de son mari. Quand le malheur s'acharne sur une famille... (Elle poussa un soupir.) La gaieté, à Haltçaï, il y a longtemps qu'on ne sait plus ce que c'est!

Et pourtant, songeait Miguel en regardant arriver Claire-Marie en pantalons de toile, chaussée d'espadrilles, légère et vive pourtant, qu'elle semblait donc faite pour incarner la joie de vivre...

— J'espère, dit-elle de sa voix au timbre toujours un peu grave, que Barrère est encore là, j'ai absolument besoin de le voir.

— Il est avec Pascal, dit Agna. Je crois qu'ils signent les bordereaux, là-haut, près du camion.

— Très bien. J'y vais. (Elle se tourna vers Miguel.) Il faudrait que vous alliez jusqu'à Saint-Jean dans la soirée. Il y a plusieurs courses urgentes et je serai occupée tout l'après-midi, (elle eut une petite moue) une réunion à la mairie. Importante d'ailleurs. Au sujet de l'installation d'une coopérative laitière qui groupera les principaux propriétaires. Je pense que c'est une très bonne idée à laquelle je souscris d'entrée.

Elle s'arrêta, comme embarrassée d'avoir trop parlé, et sa voix se fit imperceptiblement plus sèche pour dire à Miguel :

— Pour les courses à Saint-Jean, je vous laisserai ma voiture. Les clefs seront sur le tableau de bord. Les papiers sont dans la boîte à gants.

Et sans attendre la réponse, elle remonta vivement le sentier qui menait du vivier à la route.

— Je suis pas pour les voitures, dit Agna en se remettant à trier les truites, surtout après ce qui est arrivé à son mari, mais quand même, on en aurait deux ici, ça serait pas plus mal, surtout maintenant que vous êtes là. Et pour un bout de temps peut-être ?

Et la même question muette dans l'œil vif et rond d'Agna. Miguel sourit :

— Peut-être.

En s'éloignant du vivier, Claire-Marie repensait à une réflexion que lui avait faite Ériart : « Ce Mexicain que vous venez d'engager sur un coup de tête parce qu'il avait été arrêté injustement à vos yeux, que savez-vous de lui ? La générosité, c'est très beau, mais qui vous dit que ce n'est pas un individu dangereux ? »

Sur le moment elle avait haussé les épaules : ce pauvre Ériart, on ne le changerait pas ! Il était le doute fait homme et, sans vouloir se l'avouer, il détestait les étrangers. Mais, à la réflexion... que savait-elle, en effet, de ce Miguel Mendeguia, hors le peu qu'il avait dit lorsqu'elle l'avait engagé ? D'où tenait-il cette façon de se présenter, de parler, cette aisance ?

En une semaine il avait mis tout le personnel d'Haltçaï

dans sa poche. Pascal ne jurait que par lui et Agna, si soupçonneuse et qui ne devait pas cesser d'être à l'affût, comme une vieille chatte, derrière son fourneau pendant les repas qu'ils prenaient ensemble dans la cuisine d'Haltçaï, Agna elle-même était conquise. Ça se sentait. Intriguée aussi...

Claire-Marie se sentait rassérénée ; elle avait plus confiance dans le jugement de Pascal et d'Agna que dans celui du commandant Ériart ! Et pour ce qui était du « coup de tête », elle ne le regrettait pas du tout !

Elle eut un petit rire triomphant : avec le contrat de travail qu'elle lui avait signé, Mendeguia ne risquait plus d'avoir d'ennuis pour le renouvellement de son visa et les gendarmes comprendraient qu'on ne provoquait pas impunément une Élissalde d'Haltçaï... Restait toutefois un certain mystère qu'elle eût aimé pouvoir percer.

Elle arracha brusquement une tige de menthe sauvage qu'elle se mit à mordiller.

*

* *

— Je viens de la part de Mme d'Arrègue...

Cécile Dabriès, qui tenait la boutique de modes la plus courue de Saint-Jean-Pied-de-Port, regarda Miguel d'un air interrogateur. Et machinalement elle cherchait laquelle de ses clientes pouvait avoir comme mari ce garçon mince et brun qu'elle n'avait jamais vu jusque-là.

— Mme d'Arrègue, d'Haltçaï.

Cécile se mit à rire — un rire qui n'était ni sophistiqué ni vulgaire mais naturel et gai comme devrait l'être un rire. Il faisait naître une petite flamme amusée dans les yeux noisette, épanouissait la bouche longue, bien dessinée, et sem-

blait animer jusqu'aux mèches de cheveux coiffées sans
apprêt mais avec soin. Le naturel semblait être le style de
Cécile Dabriès, un style qui lui allait bien.

— Pardonnez-moi, dit-elle, de n'avoir pas compris tout
de suite de qui vous vouliez parler. On a si peu l'habitude
de l'appeler ainsi ! (Elle appela :) Nicole ! (Une vendeuse
parut.) Va chercher la robe de Mlle Élissalde. Elle est dans
l'atelier et emballe-la.

La petite vendeuse disparut non sans avoir coulé un
regard précis sur Miguel, ce qui amena un nouveau rire de
Cécile :

— Vous savez que depuis votre match de boxe vous
avez sérieusement entamé le prestige de ce pauvre Adrien
auprès des petites filles ? Car j'imagine que le champion
dont parle la rumeur publique, c'est vous ?

Miguel sourit : la façon directe dont parlait Cécile lui
plaisait. Et la franchise de son regard. Une netteté qui
s'affirmait jusque dans la façon dont elle était habillée,
dont son magasin était décoré.

— Je vois que les nouvelles vont vite...

— Comme toujours dans les petits pays et Saint-Jean est
une sorte de village, vous savez.

— Peut-être mais bien beau, dit Miguel. C'est la première fois que j'y viens et je dois dire que j'ai pas mal flâné
tant ses rues ont de charme.

— C'est vrai. Moi aussi j'aime Saint-Jean. Votre Mexique doit être bien différent ?

— Ah ! dit Miguel dont le sourire s'accentua, vous savez
cela aussi ?

Elle eut une petite moue qui creusa de fossettes ses joues
rondes et la fit, soudain, beaucoup plus jeune que les trente
ans qu'elle devait avoir.

— Mais oui. Je sais même que vous déjouez les pièges de la maréchaussée et des douanes, vous voyez! Il n'en faut pas plus pour devenir un héros, ici surtout...

Et ses yeux amusés suivaient le manège de la petite Nicole revenue, la robe empaquetée au bras et qui la tendait à Miguel, puis redressait une mèche de cheveux, tapotait sa ceinture, rectifiait le collant de son débardeur...

— Héros, dit Miguel en riant à son tour, quel mot! Me voilà désormais prisonnier de ma légende et tenu à ne faire que de grandes actions sans quoi mon image de marque (il eut une petite grimace)...

— C'est ça, dit Cécile jouant le jeu, ne revenez ici qu'après avoir accompli quelque exploit. En attendant faites très attention à la robe. C'est un tissu fragile.

La petite Nicole se précipita pour ouvrir la porte de la boutique et Cécile regarda Miguel s'éloigner dans la rue. Elle aimait que les êtres ressemblent à l'idée qu'elle s'en faisait avant de les connaître et elle était satisfaite de constater que l'étranger d'Haltçaï correspondait assez bien à ce qu'elle avait imaginé de lui...

*
* *

L'étroit faisceau de lumière de la torche électrique le guidait à travers la maison silencieuse — de ce silence nocturne fait en réalité de mille petits bruits qui, le jour, sont indiscernables et qui sont la vie propre des murs, des boiseries, des poutres. S'y joignaient, venus de l'extérieur, le cri régulier d'une chouette et le bruit d'eau vive du gave proche.

Tout Haltçaï semblait dormir et Miguel avançait prudemment vers le bureau de Claire-Marie, ouvrait la porte. La torche éclairait à présent un coin de meuble, un pan de mur, une photo d'homme dans un cadre de cuir — Henri Élissalde en tenue de chasse. Une seconde Miguel pensa que, de son mari, elle n'avait pas de photo, puis il commença à ouvrir méthodiquement les tiroirs des classeurs, à feuilleter les dossiers — tout était très en ordre mais sans intérêt. Les affaires du domaine, des livres de comptes, des reçus, des actes notariés... Où pouvaient bien être les documents qu'il cherchait?

Il ouvrit la bibliothèque. Là, dans le bas, un carton vert noué de noir... une étiquette qui ne laissait pas de doute... Il prit le dossier, se releva.

— Ne bouge pas, ordonna soudain une voix.

Pascal se tenait sur le seuil, armé d'un fusil de chasse. Il ouvrit brusquement le commutateur. La lumière inonda la pièce et machinalement Miguel ferma les yeux.

— On te reçoit comme un ami et tu n'es qu'un voleur!

— Ce n'est pas de l'argent que je cherche.

— Quoi donc alors?

— Ça!

Miguel lui tendit le dossier qu'il avait à la main.

— L'affaire Élissalde... dit Pascal stupéfait. (Son regard redevint soupçonneux.) En quoi peut-elle t'intéresser, je me le demande!

— Cela me regarde.

— C'est un peu court comme explication!

Ils se faisaient face avec la même violence contenue.

— Je le sais mais ne pouvez-vous me faire confiance?

— Confiance! dit Pascal toujours sur la défensive. Dans la situation où je te trouve!

56

Miguel hésita puis il dit :

— Très bien. Je vais vous dire pourquoi l'affaire Élissalde m'intéresse, mais avant jurez-moi de n'en parler à personne.

— Je ne suis pas bavard, dit simplement Pascal.

Miguel sortit alors de sa poche une montre d'homme déjà ancienne avec un boîtier d'agate et poussa un ressort : une petite musique grêle comme celle qui fait danser les automates s'éleva, une ritournelle un peu triste que Pascal écoutait, yeux mi-clos, visage figé.

— Vous comprenez maintenant ?

Pascal hocha la tête :

— Je n'ai rien oublié malgré le temps ! (Il y eut un long silence puis il demanda :) Alors, que veux-tu savoir ?

— La vérité.

— Pauvre enfant, dit Pascal avec amertume, crois-tu que quelqu'un la connaisse dans cette affaire ? (Et après un autre silence :) On ne peut pas continuer à discuter ici. Viens chez moi.

*

*   *

Pascal avait rallumé le feu dans la cuisine — cette première nuit d'octobre était fraîche — et penché sur les flammes, il racontait. Miguel l'écoutait.

— Mais enfin, dit-il, c'est invraisemblable que personne ne se soit inquiété. Son père était resté, il devait bien être au courant ? Il n'a rien fait ?

— Les Allemands ont arrêté le vieil Élissalde trois jours après, ils ne l'ont relâché qu'en juillet. Pourquoi voulais-tu qu'on s'inquiète ? M. Henri était passé en Espagne, de là il devait rejoindre Alger ou Londres. Tout le monde le croyait arrivé.

— Et vous ne pouviez pas contrôler?

— A ce moment-là, non. Il n'y avait plus aucune liaison, pas même avec le réseau. Il leur avait donné l'ordre de se disperser pour échapper aux Allemands.

— Ils le recherchaient?

— Oui. Il avait même la Gestapo sur les talons et je te promets qu'il a fallu faire vite. Il est arrivé dans l'après-midi du vingt-quatre avril quarante-quatre avec sa femme et Claire-Marie — elle avait deux mois. Il m'a dit : « Pascal, je pars ce soir. Atterey me conduira jusqu'à la frontière. Toi tu t'occuperas de la petite et de sa mère. Je ne peux pas les emmener. Tu vas les mettre en lieu sûr. »

Tout en parlant, Pascal roulait une cigarette. Il prit un tison, l'alluma.

— Il a brûlé des papiers dans son bureau et il a mis dans un grand sac à dos les dossiers qu'il voulait emmener. Ce n'est qu'après qu'on a su qu'il emportait aussi des bijoux et pas mal d'argent en pesetas. Une partie de sa fortune personnelle parce qu'il se doutait bien que les Allemands allaient tout rafler.

Pascal fumait lentement et les flammes creusaient comme au burin ses traits.

— On ne s'est méfié de rien jusqu'à la Libération. Fin août quarante-quatre. Là, on s'attendait à le voir revenir d'un jour à l'autre. Madame s'est renseignée et les anciens du réseau aussi. Ils sont montés à Paris voir leurs amis.

Pascal se tut un moment et Miguel respecta ce silence que troublaient seulement le craquement du feu et ces sifflements soudains des bûches qui font dire aux gens : « Nouvelles en chemin »...

— C'est là qu'on a appris qu'Henri Élissalde n'était jamais arrivé nulle part et que personne ne l'avait revu depuis la nuit du vingt-quatre avril. Alors on a commencé les recherches et on a retrouvé son corps, enfin ce qu'il en restait, le douze septembre quarante-quatre, en Espagne, à trois kilomètres de la frontière, au-delà du col d'Éroïmendy.

Pascal redressa soudain la tête :

— La suite, pour la comprendre, il faudrait que tu connaisses les lieux.

*

* *

Ils étaient descendus de la jeep de Sagardoy depuis un moment et il suivaitPascal sur un sentier de chèvres dans le décor désolé des caillasses grises avec cette impression troublante de marcher sur ses propres traces. Il commençait à la connaître cette crête d'Éroïmendy !

Pascal soudain s'arrêta, montra une sorte d'excavation dans le rocher :

— C'est là qu'on a découvert Henri Élissalde.

— Qui ?

— Ériart. Il était comme fou quand il a su que M. Henri avait disparu. On aurait dit qu'il était le seul à tenir à lui ! Bref... Avec les autres maquisards, ils ont battu le terrain dans tout le secteur, de chaque côté de la frontière et un matin ils sont arrivés là.

— Et on a fait une enquête ?

— Ça n'a pas traîné. En dehors de la famille, il n'y avait que deux personnes au courant du départ d'Henri Élissalde, José Atterey et moi. Moi, j'étais hors de cause puisque j'avais accompagné madame et la petite. Alors l'enquête s'est tout de suite orientée vers Atterey. Il était le dernier à avoir vu M. Henri vivant et il a eu beau affirmer qu'il l'avait seulement conduit à la frontière, qu'ils s'étaient séparés là, le vingt-quatre avril vers minuit, que M. Henri avait continué seul vers l'Espagne tandis que lui redescendait aussitôt dans la vallée, il n'a pas pu le prouver et les gendarmes disaient qu'il avait un mobile.

— Lequel?

— Le plus sordide : l'argent. On avait retrouvé le corps de M. Henri mais pas le sac à dos. De là à déduire qu'il avait été tué pour les bijoux et le reste... Et qui d'autre que José savait ce que contenait le sac? Ériart était si persuadé qu'il était le meurtrier qu'il a remué ciel et terre pour accélérer les choses. Il a envoyé des rapports à l'armée, au commissaire de la république, à Dieu sait qui, et Atterey a eu beau se défendre, on l'a arrêté fin septembre.

— Mais enfin, dit Miguel, on n'a pas cherché si d'autres personnes étaient au courant? Élissalde avait dû prévenir ses correspondants en Espagne?

— Peut-être, mais comment le savoir? Il était le seul à les connaître. Tu n'as pas vécu cette époque sinon tu comprendrais : les réseaux étaient très cloisonnés, par sécurité, pour éviter les fuites. Moi, par exemple, j'ai bien rencontré des Espagnols au cours des passages mais j'ignorais leur nom, ce qu'ils faisaient et comment on pouvait les joindre... José a nié jusqu'au bout qu'il était l'assassin, jusqu'à la dernière minute... seulement tout était contre lui.

De la caillasse grise à perte de vue, sous un ciel que les vents d'ouest, ce matin, rendent gris et où passe un vol de palombes... Envolés d'un coup la chaleur de septembre et les abois de chiens chassant le sanglier... le sac de truites à l'épaule, la carabine à lunette où s'inscrit la silhouette d'un homme qu'on ne peut se résoudre à tuer parce qu'il est désarmé.

— Mais toi, Pascal, tu as toujours cru que José Atterey était innocent?

— Oui.

— Pourquoi?

— J'avais mes raisons.

— Lesquelles?

Pascal eut un geste d'impuissance :

— A quoi bon en parler? Ils ont dit que ce n'étaient pas des preuves... Tiens, par exemple, une nuit où on avait tenté un coup, en catastrophe, faire passer en Espagne quinze aviateurs américains, rien que ça!, au retour, on tombe sur une patrouille, les chleuhs, les chiens, tout le cirque. Eh bien! cette nuit-là, M. Henri, c'est José Atterey qui lui a sauvé la vie. Et il aurait été l'assassiner six mois plus tard? (Il reprit d'un ton las.) Ils m'ont répondu que, cette nuit-là, Henri Élissalde ne transportait pas d'argent, que ça faisait toute la différence. Qu'est-ce que je pouvais répliquer, moi? Et si Atterey était coupable, s'il avait volé l'argent, pourquoi est-il resté à attendre qu'on l'arrête? Pourquoi n'a-t-il pas foutu le camp? Parce qu'il venait de se marier? Qu'il pensait qu'on ne retrouverait jamais le corps et qu'il se croyait à l'abri? C'est pas sérieux!

— Tu le leur as dit au procès?

— Oui et bien d'autres choses encore. Mais je n'avais pas d'instruction, tu comprends, je n'étais qu'un domestique à l'époque. Que voulais-tu que je fasse contre Ériart à qui on venait de donner la croix de guerre et qui était là, tout droit en uniforme, réclamant la justice au nom de la Résistance et de son amitié pour Henri Élissalde... Non, je n'ai pas pesé lourd... Ils ont fusillé José le vingt-deux décembre quarante-quatre, trois jours avant Noël.

De la caillasse grise qui roule sous le pied tandis que les deux hommes redescendent vers la piste où est garée la jeep de Sagardoy. Miguel se tait. Pascal fume, rompt de nouveau le silence :

— Je vais te dire. Si j'avais cru une seule minute que José avait tué Henri Élissalde, eh bien! moi, je ne l'aurais pas traîné devant les tribunaux. Je lui aurais réglé son compte tout seul. Parce qu'entre nous trois, c'était une affaire de famille, tu comprends!

... Un ciel gris où le vent d'ouest roule des nuages bas.

— Tiens, dit Pascal semblant sortir d'un rêve, le temps a l'air de vouloir changer. Ça ne m'étonnerait pas qu'il pleuve cette nuit et même qu'il tombe de la neige sur les hauteurs... Si ça se trouve, demain, on n'aurait pas pu passer...

— Plus j'y réfléchis, dit Miguel en faisant démarrer la jeep, et plus j'ai la certitude qu'il y a quelque chose d'anormal dans l'acharnement d'Ériart. Après tout, qu'est-ce qui prouve qu'il n'était pas dans le coup? Il pouvait être au courant du passage, lui aussi.

Pascal secoua la tête :

— Ça m'étonnerait.

— Où était son maquis au moment du meurtre?

— Je ne sais pas très bien. Par là, dans la montagne. Ils se déplaçaient tout le temps à cause des Allemands.

— Donc, rien n'empêche qu'il se soit trouvé aux environs du col d'Éroïmendy la nuit du vingt-quatre avril.

— Oui... si on veut...

Pascal était visiblement réticent.

Miguel conduisait en silence dans les lacets de la route.

— Ça ne t'est jamais venu à l'esprit qu'il avait découvert le corps un peu vite ? Il a mis à peine dix jours !

Pascal se borna à hausser les épaules d'un air dubitatif.

— Évidemment, reprit Miguel comme se parlant à lui-même, si c'était lui l'assassin, ou s'il était complice, on comprendrait mieux. Il n'avait pas de peine à retrouver ce qu'il avait caché et que risquait-il ? Pas grand-chose. Il savait bien que tout le monde accuserait Atterey. Il s'en est chargé lui-même d'ailleurs ! Il y a aussi qu'Ériart a de l'argent, il a acheté des propriétés après la guerre...

Pascal secoua la tête :

— Son père était déjà riche... Je te comprends, Miguel. Toi aussi tu voudrais bien avoir une explication mais tu vas trop loin. Qu'Ériart soit en grande partie responsable de la condamnation de José, c'est vrai, et je ne lui ai jamais pardonné qu'il se soit cru plus fort, plus juste que tout le monde. Mais il a agi de bonne foi, parce qu'il pensait vraiment tenir le coupable.

— De bonne foi ! C'est un peu facile ! Lui aussi était dans la montagne au moment du meurtre. Je veux savoir où exactement, connaître son emploi du temps. Il doit bien rester des témoins ?

Il y eut un long silence. Puis Pascal dit d'un ton amer :

— Je ne voudrais pas te décourager, Miguel, mais tu es encore jeune. Les hommes, tu sais, oublient ou préfèrent oublier. Découvrir la vérité vingt-cinq ans après, ce n'est pas simple...

— Ça m'est égal, dit Miguel, j'essaierai.

IV

D'épaisses nappes de brouillard noyaient la vallée et, du village, on n'apercevait plus les sommets enneigés ni le ciel. L'horizon se bornait à un écran de pluie. Une pluie froide et pénétrante, qui était le revers de l'automne dans ces pays.

Sous l'auvent d'une ferme, un vieux appuyé sur sa canne regardait tomber la pluie. Un fermier qui descendait la rue vint s'abriter un instant près de lui.

— Qu'est-ce qu'il tombe!

— Oui, dit le vieux. Ici ce n'est que de la pluie mais il paraît qu'il y a eu de la neige, cette nuit, en montagne. J'ai vu Irrigoyen, il m'a dit que les pistes étaient bloquées au-dessus de chez lui, on ne peut pas passer.

— De la neige début octobre, l'hiver est précoce cette année!

— Oh! dit le vieux, l'hiver on n'y est pas encore. Pour moi, ça va faire comme en soixante-trois. Tu te rappelles, en plein mois d'août il a neigé. On a quand même eu des beaux jours après...

— Oui, mais en attendant ceux qui ont leur ferme là-haut (il s'arrêta, parut réfléchir). Tu me fais penser que j'ai croisé tout à l'heure Guillaume, le berger de chez Amestoy. Si les pistes sont bloquées, il sera descendu à pied. Il fallait que la commission presse. Je me demande où il allait?

— Boh! dit le vieux avec philosophie, un peu de marche ça l'aura pas tué. Nous, autrefois, on n'avait que ça : nos pieds, alors on s'en servait et y avait moins de maladies!

— Possible! Seulement elles étaient mortelles! Tandis qu'à présent on sauve les gens!

C'était le raisonnement que se faisait Guillaume, le berger de chez Amestoy, la plus haute ferme de la vallée que la neige de cette nuit avait coupée du reste du monde.

C'était ce qu'il se répétait depuis trois heures qu'il marchait, dans le brouillard givrant, là-haut, sous la pluie maintenant qu'il avait atteint la vallée.

Il se disait qu'une enfant en si bonne santé, une si belle petite ne pouvait pas mourir en un tournemain pour des douleurs au ventre et quarante de fièvre...En tout cas, il pensait comme le vieil Amestoy, Sauveur, que si eux, là-haut, étaient bloqués, d'Haltçaï on pourrait monter au secours de l'enfant.

Il fit le dernier kilomètre en marchant si vite qu'il s'arrêta sur le seuil de la cuisine pour reprendre souffle.

En l'apercevant, Agna se précipita :

— Ça n'a pas l'air d'aller, Guillaume. Qu'est-ce qui se passe?

Il raconta la maladie soudaine de la petite, la fièvre qui ne cessait de monter :

— Il faudrait l'amener à l'hôpital, mais on ne peut pas la descendre, il y a trop de neige et la piste est éboulée par endroits. La camionnette ne passera pas.

Agna, atterrée, s'affolait :

— Et Pascal qui n'est pas là, justement! C'est toujours comme ça!

Elle sortit en courant et en appelant :

— Mademoiselle, mademoiselle! Venez vite! La petite de chez Amestoy est très mal!

Depuis qu'ils roulaient sur la piste, la jeep empruntée à Sagardoy dérapait sans cesse dans la boue, et elle admirait l'habileté avec laquelle Miguel la « rattrapait ».

— Pour quelqu'un qui ne connaît pas notre région, vous vous en tirez bien.

Il eut ce léger sourire qui le rendait plus secret, une façon courtoise de dissimuler le refus de dialogue, une volonté aussi de s'en tenir aux banalités :

— Il pleut également au Mexique, vous savez, et ici ou là, la montagne est toujours la même.

Elle eut l'impression que, très poliment, on lui fermait une porte au nez et elle avait trop d'orgueil pour insister.

Un premier éboulement barrait la piste. Miguel arrêta la jeep.

— Bon, j'ai compris. Inutile d'insister de ce côté.

Il descendit :

— Je vais voir s'il n'y a pas un autre passage.

Tandis qu'il montait à pied sur la colline, Claire-Marie attendait, fumant nerveusement une cigarette : pourrait-on passer ? Arriveraient-ils jusque chez Amestoy ?

Lorsqu'il revint, elle l'interrogea anxieusement du regard. Il hocha la tête affirmativement :

— Par en haut, ça me paraît possible. Mais je préfère que vous ne veniez pas. Continuez à pied. Je vous rejoins de l'autre côté.

— C'est si dangereux ?

Il sourit de nouveau, avec un rien de moquerie :

— Mais non ! Tout ce que je risque, c'est de me retrouver en bas un peu vite !

L'ironie aussi était un écran commode mais dont les gens simples usaient peu souvent. Décidément Miguel Mendeguia jouait mal son personnage de valet...

Il avait fait reculer la jeep de quelques centaines de mètres, parvint à la faire monter sur le talus et commença à rouler sur la pente dans une position assez acrobatique et dangereuse. Claire-Marie était montée elle aussi sur la colline et précédait la jeep à pied. Lorsqu'elle vit la voiture la doubler et Miguel lui faire un grand sourire — radieux cette fois! — elle se sentit plus légère : il redescendait à présent sur la piste. Il avait réussi à contourner l'éboulement.

Elle sauta sur le siège près de lui et ils repartirent.

A mesure qu'ils montaient, la neige verglacée succédait à la boue et la jeep avançait de plus en plus lentement. Les pentes étaient courtes mais raides et les roues patinaient. Miguel reculait, prenait de l'élan et réussissait à monter mais la pente suivante, de nouveau, l'arrêtait.

— Cette fois, vous n'y arriverez pas, dit Claire-Marie au bord du désespoir.

Une pente plus raide que les autres venait de les faire stopper. Miguel tenta deux manœuvres qui échouèrent.

— Il faut que ça passe pourtant!

Il recula à nouveau, prit de l'élan et... passa.

La ferme des Amestoy n'était plus très loin et lorsqu'ils entrèrent dans la cour, tout le monde se précipita vers eux.

— Oh! mademoiselle, dit la mère de la petite fille malade, je savais bien que vous ne nous abandonneriez pas!

Un vieil homme encore très droit s'avança à son tour. C'était le chef de famille, le vieux Sauveur Amestoy.

Claire-Marie, d'un mouvement spontané, l'embrassa :
— Bonjour, Sauveur.

Il répondit simplement :

— Bonjour, jolie.

Il regardait Miguel avec insistance :

— C'est vous qui avez conduit. Ça a dû être dur?

— Assez, dit Miguel, mais pour redescendre ce sera plus facile, je pense. Il suffira d'aller lentement. Je vais arranger l'arrière pour qu'on puisse allonger l'enfant. Il me faudrait des couvertures.

— Vous avez entendu, les femmes, dit le vieil Amestoy en élevant la voix. Amenez des couvertures!

Le père sortit de la maison portant sa fille dans ses bras. On l'installa. La mère avait passé un manteau et monta à côté d'elle.

Et pendant tout ce temps, le vieil Amestoy observait Miguel. Il avait l'impression d'avoir déjà vu quelque part ce garçon, mais il ne pouvait se rappeler où.

— Ne vous inquiétez pas, dit Claire-Marie en montant à son tour dans la jeep. J'ai prévenu la clinique avant de quitter Haltçaï et nous nous y rendrons directement. Si c'est une appendicite, comme je le pense, tout sera prêt pour l'opérer.

Le vieux Sauveur écarta d'un geste de seigneur son fils et ses remerciements et il dit à nouveau :

— Adieu, jolie.

*
*   *

Ils étaient assis dans la salle d'attente, et échangeaient de temps à autre quelques mots puis le silence retombait, ce silence feutré des cliniques. Inséparable de l'odeur de désinfectant, de remèdes et des plantes vertes des entrées.

69

Le chirurgien était en train d'opérer la petite Amestoy d'une appendicite avec début de péritonite et sa mère s'agitait sur sa chaise. A la fin, elle se leva.

— Je n'y tiens plus à rester là à attendre... Je vais aller dans la cour marcher un peu. Vous m'excusez, mademoiselle ?

— Oui, bien sûr. Il vaut mieux vous détendre.

Lorsqu'elle fut sortie, Miguel remarqua :

— Ils vous aiment bien chez Amestoy.

— Ils m'ont connue si petite, à deux mois. Ce sont les Amestoy qui nous ont cachées chez eux, ma mère et moi, à la fin de la guerre, quand les Allemands nous recherchaient.

— Je ne savais pas.

— Je ne peux pas me souvenir, bien sûr, de cette période, mais chaque année je revenais passer quelques semaines chez eux. J'aime beaucoup la ferme, perdue au bout du monde mais dominant toute la vallée... C'est une maison d'hommes libres...

— Le vieil Amestoy fait penser aux patriarches...

— C'en est un. (Claire-Marie sourit.) Quand j'étais enfant, c'était une fête pour moi de venir chez eux. C'était tellement plus gai qu'à Haltçaï ou que dans la maison de mon grand-père à Bayonne. Nous sortions rarement, ma mère était souvent malade et surtout... il manquait quelqu'un... (Elle se tut un instant, reprit :) Je suppose qu'on vous a parlé de la mort de mon père ?

Miguel hocha la tête affirmativement.

Claire-Marie reprit après un nouveau silence :

— Devant moi, encore à présent, on n'ose pas en parler. C'est une vieille habitude. On ne m'a dit la vérité que tard, je devais avoir seize ans, mais si j'étais une petite fille

sauvage, toujours seule, c'est que j'avais senti, incons-
ciemment, que nous n'étions pas tout à fait comme les
autres. Vous ne pouvez pas savoir ce que c'est de vivre
constamment dans une atmosphère de deuil... J'ai cru pouvoir y échapper au moment de mon mariage, mais ça n'a
pas duré.

— Votre mari aussi a été tué?

— Oui, dans un accident d'auto, au cours d'un rallye. Il
avait la passion des voitures, des courses. Lui, au moins, ne
se posait pas de questions! Il m'apportait sa jeunesse, sa
gaieté, son ardeur de vivre, tout ce que je n'avais pas connu
et il était très séduisant. Mais au fond...

Elle s'arrêta brusquement comme si elle prenait
conscience de l'insolite de ses propos devant Miguel et elle
dit avec une gêne visible :

— Je me demande pourquoi je vous raconte tout cela...

Il regardait, au-delà de la vitre, la pluie qui ruisselait sur
les bordures de buis des massifs et dit lentement :

— Parce que vous avez eu peur, que vous avez encore
peur à cause de cette enfant. Alors vous avez eu besoin de
parler. J'étais là mais n'importe qui d'autre aurait fait
l'affaire. Quelle importance? Quand l'opération sera terminée, vous n'y penserez plus.

— En tout cas, fit-elle avec un sourire, si la petite est
sauvée, je vous jure que nous aurons une jeep à Haltçaï et
c'est vous qui la conduirez!

*
*   *

La nouvelle jeep — celle d'Haltçaï désormais — stoppa
devant le presbytère d'Aïnhoa et Miguel descendit. Il était
seul et paraissait soucieux.

71

Il poussa la barrière du petit jardinet, sonna. Une femme vint ouvrir.

— Je désirerais voir le père.

— Entrez.

Il la suivit dans ce qui ressemblait à un salon pauvre aux meubles dépareillés, aux tentures fanées. Une bibliothèque d'ébène occupait tout un mur et une grande image de Notre-Dame de Guadalupe faisait pendant à un crucifix.

L'abbé était assis dans un fauteuil Voltaire. Il portait encore une soutane d'autrefois, à rabat, défraîchie et il avait un appareil acoustique derrière l'oreille. Il pouvait avoir soixante-dix ans. Ses traits étaient affaissés mais le regard était demeuré vif, on pouvait même dire acéré.

— Je suis Miguel Mendeguia.

— Je le pensais, dit le prêtre en désignant de la main une chaise sur laquelle Miguel s'assit.

Il y eut un silence et l'on entendait plus distinctement le roucoulement des pigeons dans la volière du petit jardin.

— J'ai reçu votre lettre, dit l'abbé. Ce sont des souvenirs bien lointains que vous venez remuer là. Bien pénibles aussi. Après vingt-cinq années...

— Vingt-six, mon père, presque vingt-sept.

— Oui, vingt-sept à la Noël prochaine. Vingt-sept années qu'un innocent a été condamné, car José Atterey était innocent. Il n'a pas tué Henri Élissalde.

— Vous en avez la preuve ?

— Une preuve que, malheureusement, aucun tribunal n'admet. Je ne pourrais d'ailleurs trahir le secret de la confession. Mais je puis affirmer que José Atterey est mort en paix avec sa conscience, sans jamais s'accuser ni du vol ni du meurtre, même au matin de son exécution. Or je connaissais assez José et tous les Atterey, leur foi chevillée au corps, pour être certain que s'il avait été coupable, il aurait peut-être nié devant la justice des hommes mais jamais il n'aurait refusé de se mettre en règle avec celle de Dieu.

— Comment se fait-il tout de même, dit Miguel avec amertume, que ni lui ni ses amis n'aient réagi plus énergiquement?

— Nous l'avons fait autant que nous avons pu. Mais, malheureusement, au cours de cette période qui a suivi la Libération, la justice a été souvent sommaire et très expéditive. Le cas de José n'est pas, hélas, le seul. Voilà pourquoi je suis et resterai toujours contre la peine de mort. Il n'est pas facile de mourir à vingt-six ans sous le coup d'une erreur judiciaire... José a été étonnant. Je ne dis pas qu'il a accepté, mais je dis qu'à la fin, il n'y avait plus de haine en lui.

Miguel regardait l'image de la Vierge de Guadalupe et ses traits étaient durs, sa voix sèche pour demander :

— Et la femme de José?

Le prêtre eut un regard triste :

— Cela a été affreux. Je l'entends encore hurler l'innocence de son mari alors qu'on l'expulsait de la salle du tribunal. Après, l'avocat de José et moi, nous l'avons aidée à quitter le pays. Certains en ont profité pour dire qu'elle emportait l'argent volé à Élissalde. La malheureuse enfant! Elle ne possédait rien sinon... (il posa un regard aigu sur Miguel) peut-être, malgré tout, un peu d'espérance... Elle a continué à m'écrire, de loin en loin, et j'ai appris qu'elle était morte il y a quelques mois. J'espère qu'elle a pardonné à ceux qui ont témoigné contre José mais, la connaissant comme je la connaissais, je n'en suis pas sûr.

Miguel revint à Haltçaï, songeur et triste, et il jeta un

regard machinal plus que vraiment intéressé sur la grosse Mercedes noire rangée dans la cour d'Haltçaï à côté d'une Jaguar. Mais en entrant dans la cuisine, à voir la mine d'Agna s'affairant derrière ses fourneaux, il ne put retenir un petit sourire : les invités ne devaient pas plaire à la cuisinière...

— Vous avez vu, dit-elle d'un ton agressif, leurs voitures ? Encore une chance qu'ils n'aient pas amené cette fois leur chauffeur ! Parce qu'il lui faut un chauffeur maintenant à M. Bertrand ! Il croit peut-être nous impressionner ! Un banquier, vous parlez, lui ! Mon père l'a connu gratte-papier il y a trente ans. S'il n'y avait pas eu M. Henri pour l'aider à ce moment-là...

— Quand ?

— Pendant la guerre. Je ne sais pas ce que ce Bertrand faisait en Espagne, mais il y habitait et il aidait monsieur dans ces soi-disant affaires. Alors, après, il était comme sacré, ici. C'est lui qui s'occupait de tous les placements en bourse, les comptes, est-ce que je sais, moi... Et mademoiselle a continué, mais je lui ai déjà dit : elle est trop confiante. Moi, on m'enlèvera pas de l'idée que le Bertrand, il oublie pas de se servir au passage ! C'est sûr qu'il doit lui en falloir de l'argent, avec le train qu'il mène et la femme qu'il a ! Vous l'avez jamais vue ?

— C'est même la première fois que j'en entends parler !

— Vous perdez rien, allez ! fit Agna qui achevait de garnir une jardinière de légumes. C'est peinture et compagnie ! Ça singe le beau monde mais faut pas trop gratter et trente ans de moins que le mari, alors...

— Et la Jaguar, dit Miguel, à qui appartient-elle ?

— Au neveu ! Laurent Gavalda. Un tout fou, si vous voulez savoir !

74

— Décidément, vous ne les aimez pas, Agna!

— Parce que, moi, j'y vois clair dans leurs manigances. Le beau Laurent, maintenant qu'il est ratissé, qu'il a tout dépensé de l'héritage de sa mère, il ferait bien une fin et l'oncle l'y pousse : devenir le maître d'Haltçaï, vous pensez, quelle aubaine! Si mademoiselle se laissait faire, elle serait mariée demain!

— Peut-être le souhaite-t-elle?

— Quoi? J'espère bien que non! En tout cas, si jamais elle nous fait ça, au revoir et merci, Pascal et moi, on s'en va.

Elle posa rondement le plat sur le bras de Baptista qui avait revêtu sa tenue de service numéro un. La petite servante traversa l'office et Miguel l'aida à ouvrir la porte de la salle à manger.

Il reçut comme une bouffée chaude la vision de la table, argenterie, cristaux, lumière, entrevit Claire-Marie vêtue de la robe qu'il avait ramenée de Saint-Jean, un profil d'homme racé — Laurent sans doute. Du banquier Bertrand, il ne perçut que la carrure, et de sa femme Florence, qu'une voix sophistiquée et sèche qui disait :

— Laurent, mon cher, vous êtes idiot!

Il referma doucement la porte, mécontent d'éprouver soudain une amertume à se retrouver dans la cuisine. Il prit un morceau de fromage, du gros pain et alla s'asseoir dans la cour, au soleil.

Pascal vint près de lui.

— Dis-moi, demanda Miguel, que faisait Bertrand en Espagne pendant la guerre?

Pascal lui jeta un regard étonné :

— Mais il est né là-bas, à Murillo. Sa mère était Espagnole.

— Il travaillait pour Henri Élissalde ?

— Oui, leurs parents se connaissaient. Les Élissalde ont toujours eu des intérêts là-bas. Pendant la guerre, il s'en occupait. Ça a commencé comme ça.

— Les passages clandestins, il en était aussi ?

Pascal hocha la tête :

— Ça m'étonnerait, ce n'est pas son genre ! D'ailleurs, tel que je le connais, s'il avait fait quelque chose, ça se saurait. Il aurait sûrement réclamé une médaille !

— Henri Élissalde n'a jamais fait allusion à lui ?

Pascal s'efforça visiblement de se souvenir :

— Non... Il disait toujours qu'il ne fallait pas mélanger la Résistance et le reste. Il savait bien que Bertrand ne s'intéressait qu'à l'argent.

Pascal rentra dans la cuisine. Miguel se dirigea vers la jeep. Il monta, alluma le moteur, constata un bruit singulier, redescendit, ouvrit le capot et se pencha.

— Décidément tout arrive, fit à côté de lui une voix plus amusée qu'ironique. On s'est enfin décidé à acheter une jeep à Haltçaï ! Depuis le temps que je le répète à Claire-Marie...

Miguel se redressa. Vu de face, le visage de Laurent Gavalda était aussi racé que de profil. Ses yeux étaient gais et contrastaient avec la nonchalance de la voix et des gestes. Il tendit la main à Miguel :

— Je me présente : Laurent Gavalda. (Il se mit à rire.) Ou, si vous préférez, le neveu du banquier Bertrand, comme disent les gens, ce qui flatte mon oncle et me laisse de bois !

Miguel lui serra la main :

— Miguel Mendeguia.

— Ravi de vous connaître. Ce n'est pas une phrase !

76

Pourquoi croyez-vous que je sois venu dans cette cour ? En partie, parce que les conversations mondaines m'ennuient de plus en plus (il fit une petite grimace), spécialement celles de ma chère tante. Mais je voulais également voir le garçon qui avait réussi à aller chercher la petite Amestoy l'autre jour. Je connais bien le secteur et la montagne en pareil temps, il n'y a pas beaucoup de conducteurs dans la région qui auraient pu réussir. Des pilotes du rallye des cimes, peut-être, et encore pas tous !

— Le rallye des cimes ? Qu'est-ce que c'est ?

— On ne vous en a encore jamais parlé ?

— Je suis là depuis peu de temps.

— Eh bien ! c'est une course tous terrains. On fait ça avec des voitures un peu poussées. C'est du vrai sport. J'y participe depuis deux ans. J'ai même acheté une vieille jeep sur laquelle j'ai fait monter un moteur de quatre litres cinq cents, un vrai monstre ! J'aime assez bricoler !

Miguel eut un petit sifflement :

— Quatre litres cinq cents... Ça doit arracher !

Laurent se mit à rire :

— Plutôt ! Si ça vous fait plaisir de l'essayer, on pourrait voir ça un de ces jours ?

— Volontiers, dit Miguel conquis par la spontanéité de l'offre. J'adore tout ce qui est mécanique.

Laurent sortit du garage. Devant la maison, Claire-Marie raccompagnait à leur voiture Bertrand et sa femme.

— Alors, c'est entendu, disait Bertrand, je vous fais parvenir les actions de la Sovema, dès leur émission. Et je vous tiens au courant. C'est une affaire de quelques semaines.

Florence Bertrand affecta un bâillement qui arrondissait joliment — elle le savait — sa bouche si bien peinte.

— Que vous êtes donc ennuyeux, mon ami, avec vos actions et vos comptes! (Dans un geste très étudié, mais lequel ne l'était pas chez Florence? elle désigna la façade d'Haltçaï.) Merveilleux... quelle merveilleuse maison, Claire-Marie. Surtout en automne, y vivre, quel rêve! (Et remarquant le sourire narquois de Laurent :) Oui, je dis bien, quel rêve! Cela vous amuse, Laurent?

— Dans votre bouche, plutôt...

— Je ne dis pas, fit-elle piquée, que j'y passerai toute l'année, non, ça, franchement. Je dois même dire que je vous admire, Claire-Marie, jeune et jolie comme vous êtes, de rester cloîtrée ici au milieu de gens sans intérêt. Vous ne vous ennuyez jamais l'hiver?

— Jamais. Les activités ne me manquent pas, vous savez.

Florence eut une petite moue condescendante :

— Tout de même, ma chère, il n'y a que Paris pour rencontrer des gens passionnants, vivre de façon excitante. Il se passe tellement de choses... Vous y viendrez, vous verrez. Si, si, j'en suis certaine!

— Moi beaucoup moins, ma chère Florence.

Claire-Marie souriait courtoisement mais Laurent la sentait agacée. Il s'inclina pour prendre congé :

— Et comme je vous comprends, Claire-Marie.

Elle lui jeta un regard malicieux, murmura :

— Fumiste!

C'était dit avec une gentillesse complice et Laurent lui sourit en retour. Le banquier Bertrand surprenant cet échange ne douta pas que les affaires de son neveu ne soient en bonne voie. Il était temps que ce garçon se range et Haltçaï était un morceau de roi...

Florence embrassa Claire-Marie et se dirigea vers la

78

Mercedes pendant que Bertrand donnait d'ultimes précisions sur les fameuses actions.

A ce moment Miguel traversa la cour au volant de la jeep. Laurent lui fit un petit signe de la main auquel Miguel répondit. Florence s'approcha de son neveu :

— Quel est ce play-boy ? fit-elle à mi-voix.

— Le nouvel adjoint de Pascal.

— Vous le connaissez ?

— Un peu.

— Claire-Marie a du goût ! Ça ne vous inquiète pas ?

Laurent la regarda avec une ironie assez méprisante :

— Quand cesserez-vous, Florence, de juger les autres d'après vous ? Claire-Marie ne vous ressemble pas.

— Heureusement sans doute ?

Elle le défiait. Il soutint son regard :

— Puisque vous le dites...

Elle eut un geste de colère et monta dans la Mercedes. Une élégante roulure, songeait Laurent, que la conduite de Florence divertissait infiniment. Elle mentait à ravir et il lui connaissait, quant à lui, une bonne demi-douzaine de passés — tous inventés. Le vrai, elle le cachait mais lui le connaissait. Elle le savait. C'est ce qui donnait parfois tant de piquant au jeu !

Miguel n'avait pas les clefs qu'il fallait pour démonter le delco de la jeep et avait décidé d'aller sur le champ en chercher à la station-service la plus proche. Il n'avait pas remarqué Florence.

Et roulait vite, pressé de réparer cette jeep qui lui tenait à cœur. N'était-ce pas une victoire que son achat ? Et une victoire dont il était l'artisan ?

Il revoyait Claire-Marie, à table, dans cette robe qui

avait le ton de ses cheveux et il n'aperçut pas tout de suite, en arrivant à la station-service, la responsable, justement, de cette robe, Cécile Dabriès.

Ce fut elle qui vint vers lui et parce qu'il avait gardé d'elle le souvenir d'un rire, gai comme les yeux de Laurent Gavalda, il remarqua tout de suite l'air préoccupé de Cécile.

— Ça va ?

Elle eut un petit geste de la main :

— Comme quelqu'un qui a des ennuis avec son percepteur...

— Grave ?

— Assez. J'ai dû emprunter pour faire entrer du stock au magasin et je dois attendre pour réaliser... (Elle secoua la tête.) Mais je ne vais pas vous embêter avec mes histoires ! Un soir, passez prendre un verre chez moi. Ça me fera plaisir. Vrai ! Les gens sympa, ça ne court pas les rues !

Il sourit à son regard direct, à cet air de droiture qui faisait son charme :

— Merci. A bientôt.

— Sûr ?

— Sûr !

Le garagiste lui apportait des clefs et une bobine neuve. Il redémarra en faisant un signe d'amitié à Cécile.

Sur la route qui menait à Haltçaï, une DS le précédait. Elle roulait à petite allure et Miguel la rejoignit rapidement mais il eut beau klaxonner pour demander le passage, le conducteur de la DS s'obstinait visiblement à ne pas le lui laisser. Miguel commençait à s'énerver d'autant qu'il avait reconnu la voiture du commandant Ériart. De son côté, Ériart avait parfaitement reconnu Miguel et, à son volant, il souriait narquoisement.

La comédie dura deux bons kilomètres, mais en arrivant au carrefour d'Astéguy, Miguel, fou furieux, doubla la DS par la droite, provoquant ainsi la rage du commandant Ériart.

Il accéléra pour ne pas perdre de vue la jeep et les deux automobiles entrèrent à assez vive allure, l'une suivant l'autre, dans la cour d'Haltçaï.

Ériart claqua violemment sa portière et aborda Miguel :

— Alors, ça vous amuse? Vous trouvez ça drôle, sans doute.

— C'est de votre faute, cria Miguel, pourquoi refusiez-vous de me laisser passer?

— La voie n'était pas libre! Avec des chauffards comme vous, on sait comment ça se termine. Il suffit d'une voiture en face et après on reste avec des morts sur la conscience!

Claire-Marie était sortie dans la cour et s'approchait d'eux au moment où Miguel répliquait à Ériart :

— Vous, je ne vous conseille pas de parler de morts ni de conscience!

Ériart se redressa :

— Vous dites?

— Je dis, fit Miguel martelant ses mots, que, moi, je n'ai pas de mort sur la conscience.

Ériart était devenu blême. Il s'avança, menaçant :

— A quoi faites-vous allusion? En tant qu'officier, j'ai fait la guerre, c'est vrai! Et j'en suis fier! Mais je ne permets pas à un individu de votre genre d'aborder ce sujet. (En apercevant Claire-Marie, il baissa la voix.) Sachez que si nous n'étions pas ici à Haltçaï vous ne vous en tireriez pas à si bon compte. Je suis encore de taille à me défendre.

— Eh bien! allez-y. Vous ne me faites pas peur!

81

— Miguel, dit Claire-Marie d'un ton sec. Je vous en prie. Vous devriez savoir que je ne tolère pas qu'on vienne insulter mes amis chez moi.

— Mais, cria Miguel encore furieux de la mauvaise foi d'Ériart, je n'ai insulté personne, c'est lui qui...

— Je vous prie de vous taire, coupa Claire-Marie.

Elle regardait Miguel avec des yeux durs et tout son visage avait pris une sorte de raideur qu'elle avait dû avoir adolescente pour se protéger de ce qui la blessait.

Pascal, qui s'était approché à son tour, faillit faire une grimace... quand mademoiselle avait ce visage-là, mieux valait ne pas insister! Il prit Miguel par le bras :

— Ça suffit, toi. Viens.

Il l'entraîna tandis que Miguel répétait, dents serrées...

— Lui, je l'aurai, tu m'entends, je l'aurai!

*

*　　*

Il avait garé sa jeep à la porte d'Osange et maintenant il avançait à travers les rues de Saint-Jean-Pied-de-Port que la nuit rendait désertes. Il était dix heures du soir et Miguel se disait que sa démarche était absurde, qu'il était trop tard, Cécile Dabriès serait couchée...

Il avait quitté Haltçaï sur une impulsion, le besoin soudain de quelqu'un qui vous accueille, vous écoute. Il était découragé, ce soir, remâchait toutes les amertunes de la journée qui venait de s'achever. Même de Laurent Gavalda, qui lui était pourtant sympathique, il ne voyait plus que le profil racé penché vers Claire-Marie. Eh bien qu'elle l'épouse! Après tout, qu'est-ce que ça lui faisait? Il n'était pas venu en France pour jouer les séducteurs mais les justiciers. Une seconde, il revit Ériart au volant de sa DS et la haine crispa ses traits puis le découragement revint : son enquête n'avançait pas, elle piétinait.

Il était arrivé en face de la boutique de Cécile, vit de la lumière dans le magasin et au premier étage. Machinalement il appuya sur la poignée de la porte. Elle n'était pas verrouillée. Il entra, referma la porte derrière lui, traversa le magasin et s'arrêta net au bas de l'escalier : Cécile n'était pas seule. Une voix d'homme disait :

— Encore une fois, je suis là pour vous aider. Nous pouvons trouver un terrain d'entente...

La voix était assez désagréable, doucereuse et le ton sur lequel Cécile répondait à cet homme acheva d'alerter Miguel.

— Il en existe un très simple : vous m'accordez le délai de trois mois que vous m'aviez d'ailleurs promis, je me permets de vous le rappeler en passant... Le magasin et le stock représentent plus de dix fois le montant des traites que je vous ai signées...

L'homme protestait :

— Dix fois, dix fois... vous allez un peu vite. En cas de vente judiciaire votre stock perd quatre-vingts pour cent de sa valeur...

— Monsieur Bordet, tout le monde sait que vous disposez de pouvoirs suffisants pour régler une affaire de ce genre sans avoir à opérer une saisie judiciaire...

— Mais, détrompez-vous! Je ne suis qu'administrateur de la banque Bertrand. Je ne suis pas le maître. Si je vous accorde une prolongation de six mois, tous vos confrères en difficulté vont venir pleurer à leur tour. Non vraiment, je suis désolé mais ce n'est pas possible.

Un silence suivit. Miguel hésitait à monter et ne parvenait pas à se décider, non plus, à partir. La voix de cet homme lui déplaisait trop, une voix de faux jeton...

Là-haut, la discussion recommençait et prenait assez vite le tour que Miguel attendait.

— Il y aurait peut-être une solution, disait Bordet. Vous m'êtes très sympathique et je peux, à titre exceptionnel, vous avancer moi-même les vingt mille francs. Vous êtes jeune, séduisante, si vous me permettiez de vous conseiller... disons... personnellement, je vous donnerais tous les atouts pour réussir...

Cette voix traînait sa bave comme une limace. Miguel monta une marche, mais déjà Cécile répliquait avec colère :

— Monsieur Bordet, je n'ai pas l'habitude de jouer avec ces atouts-là et les gens de votre espèce me répugnent !

Elle avait dû se lever car Miguel entendait à présent des pas juste au-dessus de lui et la voix de Bordet — sirop qui tourne à l'aigre et menace :

— Très bien. Si dans deux jours vos traites ne sont pas réglées, ce sera le protêt. Vos autres créanciers l'apprendront et réagiront à leur tour. Fini le crédit, mademoiselle Dabriès. Je ne vous donne pas deux mois avant qu'ils exigent la liquidation et la mise en vente de votre boutique. Réfléchissez bien !

— Je n'ai pas besoin de réfléchir. Sortez !

Miguel retraversa doucement le magasin et regagna la rue. Il était écœuré. Des êtres comme ce Bordet méritaient une leçon, mais où trouver, d'ici demain, vingt mille francs ?

Il ne songeait qu'à cela tout en repartant sur la route d'Haltçaï. Brusquement il pensa à Sagardoy. Pour monter ce qu'il appelait « ses affaires », il devait disposer d'argent

84

facile à débloquer et vingt mille francs, même actuels, ce serait sans doute possible d'obtenir qu'il les lui avance ; le temps que Diego fasse le nécessaire au Mexique. Dans les quinze jours Sagardoy serait remboursé et Cécile tirée de ce mauvais pas.

Malgré l'heure tardive, Miguel stoppa devant la maison de Sagardoy et frappa.

*
* *

Le lendemain, Cécile regardait interdite la double liasse de billets qui sortait du paquet qu'elle venait de défaire. Une lettre était jointe :

Chère Cécile,

Les Indiens de mon enfance m'ont appris à coller mon oreille contre le sol pour savoir aussitôt que mes amis sont menacés. Ceci est un prêt, sans condition aucune, cela va sans dire. A bientôt, cordialement.

MIGUEL.

V

Dans la remorque attelée à la jeep, les bidons de lait brinquebalaient à tous les cahots de la piste de montagne, celle qui desservait les fermes isolées. Devant chacune d'elles, Miguel s'arrêtait et chargeait de nouveaux bidons.

Il arrivait devant la ferme d'Irrigoyen lorsqu'il aperçut Mendiboure, le régisseur d'Ériart, qui semblait discuter aigrement avec le fermier.

— Tu es prévenu! criait Mendiboure. Si ma clôture n'est pas remontée la semaine prochaine, je vais trouver le juge de paix avec les papiers que tu m'as signés, parce que je les ai, moi, les papiers, avec les dates et tout!

Irrigoyen fit un salut à Miguel et un clin d'œil.

— Oh! Joseph, fit-il d'un ton bonhomme en prenant le bras de Mendiboure, faut pas te fâcher comme ça! Écoute un peu!

— Quoi encore? grogna Mendiboure en dégageant son bras.

— Dis-moi, tu cours toujours aussi vite?

Le visage d'Irrigoyen était plissé de petites rides narquoises. Mendiboure cria, furieux :

— Tu te fous de moi?

— Mais pas du tout! Je te demandais ça parce qu'autrefois, tu étais un sacré marcheur, surtout la nuit. Tu ne te souviens pas que pour aller de chez toi à Éroïmendy, il te fallait moins de quatre heures?

Mendiboure parut décontenancé mais répliqua :

— Tes histoires, tu peux te les garder pour toi, tu crois me faire peur? (Et s'apercevant que Miguel observait la scène.) D'abord je ne discute pas devant des étrangers! Mais tu me reverras...

Irrigoyen lui fit un salut goguenard :

— C'est ça! Au plaisir, eh, Joseph!

Mendiboure monta comme un forcené dans sa méhari et démarra sec.

— On dirait, dit Miguel à Irrigoyen, que tu sais t'y prendre pour le calmer!

Irrigoyen haussa les épaules en riant :

— Oh! c'est une vieille affaire entre lui et moi, qui remonte à la Libération. J'ai de quoi le faire tenir tranquille, et sa clôture... Il peut toujours l'attendre!

Il aida Miguel à charger les bidons de lait et ce dernier repartit, au volant de sa jeep, vers Haltçaï. Après les bourrasques de neige et de pluie du début de la semaine, il faisait à nouveau clair et beau et il eut envie de s'arrêter à hauteur d'un petit bois de bouleaux qui longeait la route du domaine.

Il descendait de sa jeep lorsqu'une voiture passa, ralentit, s'arrêta et il vit Cécile. Elle portait un ensemble roux, lumineux sous le soleil, et un foulard qui avait la couleur des feuilles de bouleaux.

Elle venait à lui, les mains tendues :

— J'arrive d'Haltçaï, j'étais allée vous remercier.

Il eut un petit pli de bouche ironique et elle rit. Puis elle reprit avec sérieux :

— N'essayez pas de minimiser votre geste. Il me sauve.

C'était dit sans emphase et en prenait d'autant plus de poids.

— Mais, reprit-elle avec un peu de gêne, je ne pourrai pas vous rembourser avant trois mois.

— Ai-je parlé de cela ?

— Non. (Elle secoua la tête.) Mais vingt mille francs représentent pour vous une somme importante. Elle peut vous manquer. (Elle ajouta avec malice :) A moins que vous ne soyez un richissime mexicain qui s'amuse à nous abuser ?

Il répondit sur le même ton :

— Et pourquoi non ? On peut toujours imaginer ! (Et redevenant sérieux lui aussi :) Ne vous inquiétez pas pour cette somme. J'ai mes petits arrangements et vous n'avez pas à être gênée. Vous savez, Cécile, dans la vie il y a d'un côté les salauds, de l'autre les gens bien, et entre les deux, ceux qui naviguent, les lâches, la vase. Ce sont les plus dangereux parce qu'on se méfie moins d'eux et pour en venir à bout, il faut souvent se mettre à plusieurs comme pour se tirer de sables mouvants.

— Vous êtes bien amer ce matin.

Il eut un claquement de doigts faussement désinvolte :

— A chacun ses soucis. (Et comme elle le regardait avec une sympathie chaleureuse, il ajouta doucement :) Pour moi non plus les choses ne vont pas toujours comme je voudrais.

Il la raccompagna à sa voiture et la regarda s'éloigner. Elle avait défait la capote et son foulard s'étirait au vent comme une mince feuille de bouleau.

*
*   *

— On m'avait annoncé votre visite, dit l'avocat en faisant asseoir Miguel dans son bureau. Ainsi, vous vous intéressez à cette vieille affaire Élissalde ?

Il y avait une curiosité perceptible dans le regard de l'avocat. Miguel demeura impassible :

— Oui, dit-il, il me semble qu'il reste encore pas mal de points obscurs. La culpabilité de José Atterey n'a jamais été prouvée.

L'avocat hocha la tête :

— La matérialité des faits n'a jamais été établie ni même le mobile. Car on n'a jamais trouvé aucune trace de l'argent ni des bijoux, et Dieu sait qu'on les a cherchés !

— Alors pourquoi a-t-on condamné Atterey ?

L'avocat haussa les épaules :

— Parce qu'on était en octobre quarante-cinq, que trop de crimes, d'atrocités venaient d'être découverts, du fait des Allemands, qu'il régnait un climat passionnel et qu'aux yeux de certains, il fallait faire un exemple. Si l'on n'avait pas de preuves, on avait tout de même de fortes présomptions contre Atterey. C'était lui qui avait conduit Henri Élissalde en Espagne, lui qui l'avait vu vivant, le dernier. Si seulement nous avions pu avancer une autre hypothèse pour expliquer le meurtre mais, rien, nous n'avons rien trouvé...

— Et l'acharnement de certains témoins, comment l'expliquez-vous ?

L'avocat garda un instant le silence.

— Vous voulez parler d'Ériart. Oui, je me suis demandé si son désir de vengeance ne cachait pas d'autres raisons, plus secrètes, mais de là à dire qu'il a voulu fausser sciemment le cours de la justice, non, je ne le crois pas. D'ailleurs, il n'était pas le seul.

— Que voulez-vous dire ?

— Votre question me remet un détail en mémoire. Atterey avait affirmé qu'il était redescendu immédiatement dans la vallée après s'être séparé d'Henri Élissalde vers minuit. Or un témoin est venu déclarer qu'il avait rencontré Atterey à proximité de la frontière, pas à minuit mais vers cinq heures du matin. J'ai toujours eu des doutes sur la sincérité de ce témoignage.

— Vous vous souvenez du nom du témoin ?

L'avocat eut un geste de dénégation :

— C'était un fermier, il me semble qu'il était du même village qu'Atterey, mais je n'en suis pas sûr. En tout cas, ils se connaissaient...

Une idée venait bien à l'esprit de Miguel, un nom, qu'il repoussait, ce serait trop beau et d'ailleurs Pascal en aurait parlé... Savait-on ? Pascal était un vieil homme, il avait pu oublier... Miguel rentra en trombe à Haltçaï, aperçut Pascal, se précipita.

— Tu as vu l'avocat ?

— Oui, j'en arrive. Quel est le témoin qui prétendait avoir rencontré Atterey la nuit du crime ? Tu t'en souviens ?

— Oui.

— Qui est-ce ?

Pascal hésitait visiblement, se décida :

— Mendiboure.

Miguel fut sur le point d'exploser, se retint :

— Mais, bon Dieu, pourquoi ne m'en as-tu pas parlé ?

Pascal eut un geste lent, apaisant :

— Je ne pouvais pas entrer dans tous les détails !

... Un détail... Comme l'avocat « votre question me remet en mémoire un détail »... Et José Atterey avait été fusillé à cause de ces détails-là, peut-être...

Pascal le regarda avec stupeur remonter dans la jeep :

— Où cours-tu encore ?

— Chez Irrigoyen !

A cause d'une conversation qui lui revenait en mémoire et d'une lueur de vérité qui commençait à se lever...

Il arriva chez Irrigoyen. Le fermier était dans sa cour. Miguel alla droit au but :

— L'autre jour, quand tu t'es engueulé avec Mendiboure pour cette histoire de barrière, c'est à l'affaire Élissalde que tu faisais allusion ?

La gêne d'Irrigoyen était sensible :

— Oui, mais elle est classée maintenant, c'est de l'histoire ancienne...

— Mendiboure a menti au cours du procès quand il a prétendu avoir rencontré Atterey la nuit du crime près de la frontière.

Irrigoyen tomba dans le piège et s'écria, surpris :

— Comment le sais-tu ?

Après quoi, il ne pouvait plus reculer et raconta...

— Au printemps quarante-quatre j'étais dans le maquis. Je servais d'agent de liaison. Le vingt-quatre avril on avait dû se replier en vitesse après l'attaque d'un convoi allemand. Ériart m'a envoyé porter un message à Mendiboure.

— Il était dans la Résistance lui aussi ?

— Juste pour nous ravitailler, il ne se mouillait guère ! Je suis arrivé le soir très tard et j'ai quitté Mendiboure vers une heure ou deux du matin. Alors je me demande bien comment il a fait pour être à la frontière avant l'aube. Tu n'as qu'à essayer, tu verras le temps qu'il faut !

— Tu es sûr de la date?

— Certain. C'était la nuit du vingt-quatre avril. J'ai de bonnes raisons de m'en souvenir. En repartant, je suis tombé dans une embuscade tendue par les Allemands. Quand j'y pense... J'aurais jamais dû m'en sortir... Je suis resté caché, un jour et demi dans un tuyau d'écoulement, sous le petit pont de Ripaude!

— Et au procès, tu n'as rien dit?

— Pour cause! J'étais pas là. J'étais en Alsace sur le front. Après l'accrochage, j'étais resté coupé du maquis d'Ériart. J'ai rejoint un autre groupe du côté de Pau et à la Libération on est parti avec la Ire Armée jusqu'à la fin de la guerre.

— Tu n'as rien su du procès?

— Un peu, par ma mère, dans ses lettres. Mais je n'ai connu toute l'affaire qu'en rentrant, en août quarante-cinq. Atterey était fusillé depuis plus de huit mois. Alors...

— Oui, dit Miguel, je comprends.

Il remonta dans la jeep, demanda encore:

— Le maquis d'Ériart était à quel endroit au moment du meurtre?

— Vers la pierre Saint-Martin au-dessus de Sainte-Engrace.

— Ça fait loin du col d'Éroïmendy?

— Quatre à cinq heures de marche par les crêtes.

— Tu as encore des copains qui étaient restés avec Ériart à ce moment-là?

— Il n'en reste pas beaucoup. Il y en a un que je revois de temps en temps. On fait des affaires ensemble. Il doit passer un de ces jours. Si tu veux, je te ferai signe.

— Entendu, dit Miguel et il démarra.

Pourquoi Mendiboure aurait-il fait un faux témoignage

sinon parce qu'Ériart le lui avait demandé? C'était clair...
Restait à le prouver... et à savoir aussi ce qu'Ériart pouvait
bien avoir à cacher...

*

*   *

Dans la grande salle de la ferme, le vieil Amestoy présidait la table, Claire-Marie à sa droite. On fêtait la guérison
de sa petite-fille. Elle était là, assise sur les genoux de son
père. Miguel était un peu plus loin, à côté d'une des belles-
filles. Claire-Marie et lui étaient venus en jeep jusqu'à la
ferme, comme la première fois, mais avec moins de peine.
Le beau temps durait depuis une semaine, été de la Saint-
Martin à saveur d'éphémère qui poudrait de lumière les
crêtes enneigées sous des cieux qui semblaient verts à force
d'être bleus...

— Non, dit le vieil Amestoy continuant une histoire, des
loups je n'en ai jamais vus, des ours, oui...

— Quand tu es né, dit la petite fille, qui connaissait
l'histoire.

— Tout juste, dit le vieux. Parce qu'autrefois quand il y
avait un nouveau-né, on n'attendait pas, on le descendait
tout de suite au village pour le faire baptiser. Même en
plein hiver. N'en mouraient que les plus malades! Moi,
c'était en février, il y avait de la neige. On m'a mis dans un
panier bien emmitouflé et, en route! Mon père et le parrain
marchaient devant, la marraine suivait avec moi sur le
bourricot.

— C'est vrai, fit la vieille Amestoy, ça se passait comme
ça. (Elle était petite et sèche avec un chignon gris et des
yeux perçants, très mobiles.)

— Toujours est-il, reprit son mari, qu'en arrivant à l'entrée de la forêt, on se trouve nez à nez avec un ours énorme!

— Et alors? dit la petite fille qui ne se lassait pas d'entendre raconter l'histoire.

— Alors, dit le vieil Amestoy, l'ours a grogné un peu... et il est reparti bien tranquillement sans rien nous faire!

Sa femme murmura quelques mots en basque. Tout le monde éclata de rire. Le vieux aussi.

— Qu'a-t-elle dit? demanda Miguel à Claire-Marie.

— Que l'ours avait reconnu ses frères!

— Sauveur, dit-elle en se tournant vers le vieil homme, depuis que je vous connais, je ne vous vois pas changer. Vous ne bougez pas!

— Oh si! dit-il, je sens bien que j'ai fait mon temps. Mais je m'en irai content parce que je mourrai là où je suis né, (il regarda le manteau de pierre de la cheminée sur laquelle une date était gravée) dans cette maison que les miens ont construite et habitée depuis 1773. On ne s'est pas amusé tous les jours mais on a tenu bon. Ici je suis chez moi tandis que les jeunes maintenant, ceux qui s'en vont, ils ne savent plus d'où ils sont et je les plains...

Lorsqu'ils sortirent de table, le vieil Amestoy retint Miguel un instant.

— Tu sais, dit-il, que tu me rappelles quelqu'un. Plus je te regarde et plus ça me frappe. On ne te l'a jamais dit au village?

— Non.

— C'est vrai que je dois être un des derniers à l'avoir connu quand il avait ton âge. (Il se tourna vers sa femme.) Tu ne vois pas qui je veux dire? (Elle secoua la tête en

signe d'ignorance, le vieil Amestoy baissa la voix.) Etchegorry, le vieux.

Claire-Marie revenait vers eux et sa femme lui fit signe
de se taire.

Lorsqu'ils quittèrent la ferme d'Amestoy, le soir tombait.
La vallée était belle dans le flamboiement de ses bois, le
velouté de ses verts, tandis que la montagne se découpait,
noire, nette sur un ciel transparent.

— Mon Dieu que j'aime ce pays, dit doucement
Claire-Marie comme se parlant à elle-même. Et je l'aime, je
crois, sans aucun romantisme, parce que j'en connais les
réalités, les ombres. Les femmes qui accouchaient sans
personne et qui reprenaient le travail le lendemain, les
enfants que l'on envoyait dans la montagne, dès l'âge de
sept ans, garder les troupeaux... Et je les admire d'avoir su,
malgré tout cela, préserver leur dignité. Vous avez vu le
vieil Amestoy. Il n'est pas un cas unique. (Elle eut un petit
rire de mépris.) Quand je pense que Florence Bertrand
trouve les gens d'ici sans intérêt! (Elle regarda Miguel.)
Maintenant, vous comprenez pourquoi je veux rester à
Haltçaï?

— Oui.

— Si je m'en vais, moi, sous prétexte que la vie est plus
agréable ailleurs et que ma fortune me le permet, que
feront-ils, eux?

— Vous pouvez les aider à changer certaines choses.

— J'essaie mais seule ce n'est pas facile. Tenez, l'autre
fois, s'il était arrivé malheur à la petite Amestoy, je suis
sûre que le grand-père une fois mort, les jeunes ne seraient
pas restés et ils auraient eu raison. Parce que ce n'est pas
acceptable de voir mourir une enfant dans ces conditions.

96

Seule, je n'aurais jamais pu la sauver. C'est vous qui avez réussi à passer.

Miguel fit un geste de la main qui signifiait : c'est sans importance. Claire-Marie reprit avec un peu de gêne :

— Vous avez dû vous rendre compte que je n'aime pas les grands mots mais, vraiment, je vous remercie.

Ses traits étaient étrangement graves et sa main se posa sur celle de Miguel en un pacte un peu craintif d'amitié.

...Toucher au but, Miguel l'avait cru, ou presque, dans l'euphorie d'un beau jour d'automne, à écouter une voix de femme chantante et grave se confier à lui comme à un ami, dans la douceur complice d'une montagne voilée de mauve et bleu...

Et puis, il y avait eu le réveil, la rencontre avec Barthès, l'ami d'Irrigoyen, qui racontait à son tour « son » maquis et apportait la preuve, décisive, irréfutable...

— Non, Ériart ne pouvait pas être au col d'Éroïmendy la nuit du meurtre. Nous étions remontés tout à fait de l'autre côté, vers le Béarn, après l'attaque du convoi le vingt-trois avril. Je ne l'ai pas quitté d'une minute pendant toute la semaine. C'est qu'on jouait une drôle de partie, tu sais... drôlement serrée...

Et la partie que joue Miguel, comment la qualifier ? Longtemps il a cru tenir le vrai coupable. Il aurait pu le tuer le jour de la chasse au sanglier mais il a hésité, voulant une certitude. Ériart, lui, ne s'est pas posé autant de questions quand il a fait condamner José Atterey. Et certes, il est en partie responsable du meurtre d'un innocent mais il n'est pas l'assassin. Alors, qui a tué Henri Élissalde ?

La question revient, obsédante, toute la nuit, tandis que Miguel joue sur sa guitare pour oublier son désarroi. Qui a tué Henri Élissalde ? Il y a bien un assassin...

A l'aube, la décision de Miguel est prise : il restera à Haltçaï.

DEUXIÈME PARTIE

I

Dans un crissement identique de pneus, freins brusquement serrés à mort, les deux voitures s'arrêtèrent à quelques centimètres l'une de l'autre, face à face, sur la route en lacets. Le premier, Laurent Gavalda bondit de sa jeep et cria :

— Ça alors ! (En reconnaissant Miguel Mendeguia qui sortait de la sienne.) Un peu plus, mon cher, et nous étions inséparables, au sens propre du mot !

— Oui, dit Miguel, nous avons évité la collision de justesse.

— Le plus comique c'est que je vous cherchais ! Je sais que vous avez passé l'hiver à Haltçaï. (Il fit une grimace.) Ça ne devait pas être follement gai, entre nous ! (Et comme Miguel faisait un geste évasif, Laurent se mit à rire.) Enfin, c'est votre affaire. Vous ne devinez pas pourquoi je vous cherchais ?

— Non, dit Miguel qui retrouvait avec plaisir les yeux gais, le profil racé, la voix nonchalante, de Laurent Gavalda.

— Pour vous montrer ça !

Il désignait la jeep.

— Je n'ai pas oublié notre conversation de l'automne dernier, à Haltçaï, et à peine revenu avec mon monstre, vous voyez, je vous cherche pour vous le faire essayer.

— Avec plaisir. Vous êtes revenu vous entraîner pour le rallye des cimes ?

— Oui, en partie. Mais j'ai aussi quelques projets dont je vous parlerai tout à l'heure. Je veux d'abord vous voir essayer ma voiture. Allez-y. Prenez le volant. Je monte à côté.

— Vous avez confiance, dit Miguel en riant.

— Absolument.

Le parcours dura une demi-heure. Miguel conduisait à vive allure et faisait preuve d'une réelle virtuosité. Comme en se jouant. C'était du reste un jeu, fascinant. Laurent l'observait sans rien dire.

— Bravo, dit-il lorsque dans un dernier virage pris sur les chapeaux de roue, Miguel vint ranger la jeep à côté de la sienne. Je crois que mon projet est en passe de prendre corps. Si vous êtes libre, déjeunons ensemble à Saint-Jean ? Qu'en pensez-vous ?

— Volontiers. Je passe prévenir à Haltçaï et je vous retrouve.

... Ils finissaient de déjeuner lorsque Laurent se décida à parler de ce fameux projet.

— Il s'agit du rallye, mon cher, vous vous en doutez. Et qui dit rallye dit Ériart. Vous êtes là depuis plus de six mois, vous n'avez pas pu ne pas constater que notre commandant dirige tout, la mairie, les fêtes, les chasses, les élections... pour un peu il nommerait le curé. Personnellement, ça ne me dérange pas mais il y a le rallye. Sous prétexte qu'il l'a gagné une fois, au temps de sa jeunesse : le rallye c'est lui. Il préside, choisit les commissaires, établit les parcours ; les relations avec l'Automobile-Club, les marques d'essence, c'est lui ! Avec la presse, la télévision, c'est encore lui...

— Quelle vitalité ! fit Miguel amusé.

— Comme vous dites. Mais il y a pire : depuis trois ans,

il a eu l'idée de génie de nous amener des militaires. Pour lui, c'est logique. Suivez bien mon raisonnement : une jeep n'est pas une voiture civile, c'est une voiture mi-li-tai-re. D'accord ?

Miguel riait :

— D'accord !

— Donc, une course de jeeps ne doit pas être gagnée par des civils mais par des militaires. C.Q.F.D.

— Je commence à saisir, dit Miguel riant toujours.

— Ces messieurs arrivent huit jours à l'avance avec deux ou trois véhicules, un camion-atelier, des mécaniciens. Notez que je n'ai rien contre eux mais ils n'ont que ça à faire, s'entraîner, et ils ne paient même pas leur essence. Alors forcément, eux gagnent et Ériart pavoise en ayant l'air de nous prendre pour des incapables ou des maladroits. Remarquez, cette année, ils auront plus de mal que d'ordinaire car il y a plusieurs pilotes étrangers d'engagés, des « buggies », etc. mais moi, j'en ai assez. Cette année, j'emploie les grands moyens. La jeep que vous avez essayée ce matin n'est rien à côté d'une autre que j'ai fait un peu bricoler. Vous m'en direz des nouvelles ! Parce que celle-là, c'est vous qui la piloterez au rallye et les militaires d'Ériart n'auront plus qu'à aller de dépit, pleurer dans leur casque !

Il avait l'air aussi joyeux qu'un enfant qui prépare une bonne blague et balaya l'objection de Miguel :

— Pourquoi moi et pas vous ?

— Parce que c'est vous qui avez la meilleure chance. Depuis ce matin j'en suis sûr. (Il se pencha vers Miguel.) Seulement, pour que l'effet soit total, il faut y joindre la surprise. Alors, bouche cousue jusqu'au jour du rallye.

— Ce sera difficile, objecta Miguel. Je suis employé à

Haltçaï, j'ai beaucoup de travail et je ne peux décemment, sans donner de raison, tout laisser tomber pendant une semaine. Pascal ne comprendrait pas...

— Ce n'est pas grave. Les réactions à Haltçaï, j'en fais mon affaire, rassurez-vous.

Et il nota avec un certain amusement l'air soudain assombri de Miguel. Se pourrait-il que ce garçon et Claire-Marie... Tout un hiver, tout un printemps à Haltçaï... Était-ce une idée mais déjà ce matin, Miguel lui avait semblé moins jeune loup qu'à son arrivée. Quelque chose en lui s'était comme adouci et quoi, sinon l'amour, pouvait à cet âge opérer de ces métamorphoses ?

Enchanté de ce qu'il n'était pas loin de considérer comme une seconde victoire sur cet assommant Ériart, nullement jaloux, tout le contraire, charmé à l'avance de la tête que ferait son oncle le banquier quand il verrait Haltçaï lui échapper, Laurent sortit du restaurant en fredonnant le grand air de *La Belle Hélène,* qui était son favori.

Il était encore d'excellente humeur lorsqu'il croisa ce même Ériart, une demi-heure plus tard, dans une rue de Saint-Jean.

— Alors, Gavalda, il paraît que vous vous êtes procuré un vrai bolide, cette année, pour le rallye ?

Laurent eut un petit geste nonchalant :

— Disons que je n'en suis pas mécontent.

Mais Ériart était décidé à en savoir plus.

— On m'a parlé d'une voiture d'usine ?

— Exagération, toujours ! Un de mes amis s'est spécialisé dans l'étude des prototypes, il m'a aidé, c'est tout.

— Bref, fit Ériart avec un peu d'aigreur, une jeep spéciale, des mécaniciens, vous ne vous refusez rien, mon cher ! Et c'est vous qui piloterez cet engin miracle ?

Laurent eut un air évasif :

— Je ne sais pas, je n'ai pas encore pris de décision.

— Vous faites bien des mystères !

Ériart était visiblement vexé. Laurent s'amusait.

— Que voulez-vous, mon commandant, c'est une question de tactique. Il faut toujours garder l'effet de surprise pour impressionner l'adversaire !

... Un effet de surprise qui faillit bien faire long feu, au tout dernier moment, à la veille même du rallye. Miguel pilotait la jeep lorsque brusquement il y eut un choc, les roues arrière bloquées net, plus rien dans la transmission. La dépanneuse arriva, les mécaniciens accoururent, repérèrent la cause de l'incident technique et Laurent, inquiet, demanda :

— Il vous faut combien de temps pour réparer ?

— Deux heures, peut-être un peu plus.

Laurent regarda sa montre :

— Il est déjà seize heures trente, le contrôle ferme à dix-neuf heures... (Il eut un geste d'énervement.) Tout allait si bien, avouez que c'est rageant ! Enfin, faites tout ce que vous pourrez. Je pars devant faire inscrire les voitures et tenter, s'il le faut, de faire reculer l'heure du contrôle.

Le petit village de Licq, en cette fin d'après-midi de juillet, veille du rallye, était agité de remous comme un plan d'eau tranquille où se serait propulsé un pétrolier géant ! La plupart des concurrents étaient déjà là. Les commissaires procédaient aux divers contrôles. Le commandant Ériart allait de l'un à l'autre, affairé, péremptoire, réglant tout. Les militaires formaient un groupe un peu à l'écart. Lorsqu'arriva Laurent Gavalda, Ériart se précipita et, le voyant seul, se fit ironique :

— Alors, Gavalda, votre bolide aurait-il des ennuis ?

— Un dernier réglage. Voilà les papiers, les cartes grises, vous pouvez déjà inscrire les deux jeeps.

Le commandant prit les papiers, s'éloigna. Laurent regardait sa montre. Plus que trois quarts d'heure avant la clôture des inscriptions et du contrôle...

Ériart avait beau jeu d'ironiser de nouveau :

— Toujours rien à l'horizon. Votre conducteur fantôme s'est peut-être évanoui ?

Laurent s'efforçait de masquer son énervement.

— Le contrôle ferme à dix-neuf heures. Ne pourriez-vous le retarder d'une demi-heure ? Après tout, cette question d'horaire n'est pas d'une telle importance ?

Ériart fut pris de court :

— Là, mon cher, vous m'embarrassez... C'est une décision que je ne peux prendre seul... Je veux bien réunir les commissaires mais je ne vous garantis rien...

De fait, il revint quelques minutes après, accompagné des commissaires du rallye :

— Nous venons d'examiner votre demande, malheureusement, notre réponse est négative. Nous ne pouvons, vous le comprenez, créer un précédent. Aujourd'hui c'est dix-neuf heures trente, la prochaine fois ce sera vingt heures et pourquoi pas le lendemain ! Croyez bien que j'en suis navré.

Laurent se fit sec :

— Je m'en souviendrai, messieurs.

Ériart tira sa montre :

— Messieurs, nous fermons dans trois minutes.

Laurent s'efforçait d'être beau joueur, il avait perdu, il avait perdu ! Soudain un bruit de moteur le fit sursauter. Un moteur en échappement libre... le bruit se rapprochait. Laurent se précipita. La jeep pilotée par Miguel apparut et stoppa devant le contrôle. Les commissaires se mirent à relever les caractéristiques du véhicule. Miguel portant toujours son casque et ses lunettes se dirigea vers Ériart pour lui présenter sa licence. Ce dernier affectait de sourire :

— Ah, voilà donc le conducteur mystère ! Je vous souhaite la bienvenue parmi nous et aussi de la chance... Pour se classer honorablement la première fois, il en faut beaucoup.

Miguel enleva lentement son casque et ses lunettes :

— Si je me souviens bien, vous m'avez déjà accusé de conduire comme un fou. Or on dit que la chance leur est particulièrement favorable. J'espère ne pas démentir le proverbe !

Il souriait aimablement à Ériart qui le dévisageait stupéfait :

— Vous ! C'est vous !

Miguel s'inclina avec assez d'impertinence, récupéra sa licence et s'éloigna.

Laurent avait contemplé la scène avec jubilation. Une jubilation si ostensible qu'Ériart le prit à partie, furieux :

— Je vous retiens, Gavalda !

— Pourquoi donc ? fit Laurent suave.

— Le moins qu'on puisse dire est que vous choisissez vos amis parmi des gens peu recommandables !

— Je trouve Mendeguia fort sympathique.

— Quelqu'un qui n'est même pas du pays, dont personne ne sait d'où il sort.

Laurent eut un sourire sarcastique :

— Les militaires non plus ne sont pas du pays...

— Comment ? dit Ériart outré, vous iriez comparer des officiers à... à un valet de ferme ?

— La comparaison ne serait peut-être pas en leur faveur

(son sourire s'accentua) en tant que pilotes, bien sûr... A demain, mon commandant.

Il riait en rejoignant Miguel :

— Bigre, il n'est pas content, l'animal! J'ai vu le moment où il me collait huit jours d'arrêt de rigueur!

*
* *

— « Les rugissements que vous entendez, mes chers spectateurs, sont ceux des bolides qui vont disputer le traditionnel rallye des cimes. Nous assistons en ce moment même au départ de la première épreuve, un parcours de liaison tous terrains long d'une trentaine de kilomètres. Pour ceux d'entre vous qui ne connaissent pas le règlement, je rappelle que chaque concurrent doit effectuer ce parcours dans un temps minimum au-delà duquel les retardataires sont pénalisés. En principe et je dis bien, sauf accident, les principaux favoris devraient s'en tirer sans trop de difficultés... »

Le speaker reposa le micro. Le dernier pilote militaire démarrait. Miguel passa à son tour et prit la direction de la piste de montagne où s'effectuait le début du parcours. Il rejoignit assez vite la vieille jeep rafistolée d'un vétéran du rallye, Darricau, et tenta de la doubler. Sans succès. Une fois, deux fois, trois fois... Une troisième voiture les avait rejoints. Miguel s'énervait, tenta, pour doubler enfin, de sortir de la piste. Sa roue avant heurta un rocher, le pneu éclata. Il fut obligé de s'arrêter et la réparation aggrava encore son retard. Il eut beau faire une fin de parcours superbe, redoubler plusieurs concurrents qui l'avaient dépassé. Il ne put cependant combler totalement son handicap.

Au contrôle d'arrivée du parcours, il avait pris vingt points de pénalisation. Laurent, hors de lui, discutait avec Darricau qui se défendait :

— Mais je ne l'ai pas gêné, je roulais à ma main, c'est tout.

— Tu roulais à ta main, avec un veau pareil, tu parles ! C'est pas une jeep, c'est une casserole !

— N'empêche que, moi, chaque année, je termine ! Tout le monde peut pas en dire autant !

Miguel qui les avait rejoints entraîna Laurent qui continuait à fulminer contre Darricau :

— Ça me met hors de moi de te voir perdre vingt points à cause de cet abruti. Je le connais, il est mauvais joueur comme pas un. Chaque année, il y a des histoires avec lui !

— Je me suis énervé en voulant le doubler. J'aurais dû attendre.

— Mais il y avait de quoi s'énerver ! Enfin, les choses sérieuses vont commencer cet après-midi avec les courses de côte. Vingt points c'est rattrapable.

— Oui, dit Miguel, mais ce sera dur.

Et pourtant, lorsqu'en fin d'après-midi, la deuxième course de côte terminée, un des commissaires réunit les pilotes et les journalistes pour annoncer les résultats de cette première journée de rallye, le classement général s'établissait ainsi :

Premier : lieutenant de Lassalle.

Deuxième : Mendeguia.

Laurent Gavalda, qui était, lui, cinquième, exultait.

— Le lieutenant de Lassalle se défend bien mais tu lui as pris quarante-sept secondes en deux courses !

Miguel était plus calme :

— Ce n'est pas suffisant.

— Ne sois pas pessimiste, bon sang, tout n'est pas joué !
Il reste encore toute une journée !

*
* *

Il y avait foule, à la fin de cette première journée de
rallye, dans les rues de Saint-Jean-Pied-de-Port où s'étaient
regroupées les voitures. Il faisait beau et chaud et les gens
étaient venus, parfois de loin, pour assister à la course.
Aussi la ville était-elle animée comme au soir de la fête ou
de la « refête ». Les pilotes surtout étaient très entourés et
Cécile Dabriès eut de la peine à se frayer un passage
jusqu'à Miguel.

— Cette fois, dit-elle en désignant d'un air amusé le
casque et les lunettes, votre équipement de preux est
complet !

— Il ne manque que les étendards ! Croyez-vous que
celui-ci puisse faire l'affaire ?

Il montrait le fanion triangulaire portant l'inscription
« Rallye des cimes ». Cécile eut une petite moue :

— Enfin...

Laurent qui s'était retourné l'aperçut ainsi : une flamme
de malice aux yeux, la bouche arrondie comme une éco-
lière et il s'avança vivement.

— Laurent Gavalda, dit Miguel, Cécile Dabriès.

Laurent s'inclina aussi bas que s'il eût voulu balayer le
sol, des plumes d'un feutre imaginaire, et prit son air le
plus grand seigneur :

110

— J'ai cru comprendre, madame, que vous compariez cet individu discutable à un chevalier ? L'idée, ma foi, est jolie qui donne à nos courses de monstres un parfum de roman courtois... Qui dira jamais de quels exploits peut nous rendre capables le charme d'un visage féminin entrevu... (il s'arrêta une seconde et termina lestement) entre deux virages !

Amusée par cette faconde, Cécile éclata de rire. Apercevant Claire-Marie qui arrivait à son tour vers eux, Laurent continua avec la même verve :

— Claire-Marie ! (Il lui tendait les deux mains.) Mais tout s'explique. Il me semblait bien vous avoir reconnue sur le parcours, voilà pourquoi j'ai terminé dans un « rush » éblouissant. (Il fit une petite grimace.) Hélas, c'était le dernier kilomètre, si je vous avais vue plus tôt, je faisais un malheur !

Claire-Marie riait elle aussi :

— Ne racontez pas d'histoires, Laurent, voulez-vous ? Je ne suis arrivée que bien après votre passage, tout à la fin. (Elle cessa brusquement de rire, son visage se durcit et elle ajouta d'un ton légèrement agressif :) Encore trop tôt sans doute. Ma présence a paru étonner certains. Pas vous ?

Cécile parlait avec Miguel. Ils étaient isolés, Claire-Marie et lui, comme on peut l'être parfois dans l'épaisseur d'une foule. Le visage de Laurent était redevenu sérieux.

— Même si j'avais été étonné, je n'aurais pas eu le mauvais goût de vous le montrer. Je n'ai pas non plus la prétention de penser que vous êtes ici pour moi. Notez bien que je le déplore.

Elle le regardait avec le même visage dur :

— Et pour quelle raison, d'après vous, suis-je venue ?

Il eut un petit geste nonchalant et sourit sans répondre.

Cécile et Miguel parlaient de la course. Miguel semblait distrait, paraissait chercher quelqu'un dans la foule, et Cécile qui suivait son regard aperçut la première un jeune homme, distingué, vêtu avec élégance et qui souriait en direction de Miguel en faisant de grands signes.

— Je crois qu'on vous appelle là-bas, dit-elle.

Miguel sourit à son tour :

— Excusez-moi.

Il alla vers le jeune homme qui s'écria :

— Miguel, *amigo!*

Et il l'embrassa à la façon mexicaine.

— Tu as trouvé sans difficultés ?

— Si. Facile. (Montrant le groupe de Claire-Marie.) Des amis ? Présente-moi.

Miguel dit avec un peu de gêne :

— Écoute, Diego, ils savent seulement que je suis Mexicain et je ne tiens pas à leur donner trop d'explications. Si jamais ils te posent des questions à mon sujet, je préférerais...

Diego eut un petit rire :

— Que je sois discret. Mais je suis toujours discret, Miguel, tu me connais...

— Justement!

Il revint avec le jeune homme vers Claire-Marie, Cécile et Laurent.

— Je vous présente un de mes amis, Diego Marquès.

— Vous êtes Mexicain ? demanda Claire-Marie après les salutations d'usage.

— Si, dit Diego en riant, mais je ne viens pas de si loin, seulement de Saint-Sébastien.

— Vous voyagez ? demanda Laurent.

— Non, hélas. La banque où je travaille à Mexico m'a

envoyé en stage pendant un an en Espagne. Je crois que vous dites en France, à la « maison mère » (il rit de nouveau) comme les religieux !

— J'espère, dit Laurent, que vous restez demain. Pour assister à la victoire de notre champion !

— Victoire... (Miguel était sceptique.) Comme vous y allez. Après les ennuis d'aujourd'hui.

— Bof ! fit Laurent (balayant d'un geste objections, concurrents, ennuis), détail négligeable, broutille de mise en train ! Vous gagnerez, j'en suis certain !

— Touchez du bois rond, vite ! dit Cécile d'un air si espiègle qu'ils éclatèrent tous de rire.

— Croiriez-vous donc aux sorts ? demanda Laurent à voix assez basse. Moi, depuis tout à l'heure, oui. Promettez, jurez que vous serez là demain.

— Je verrai, dit Cécile d'un air moqueur. Peut-être. S'il fait beau...

Il faisait le lendemain matin le même temps radieux de juillet avec un peu de vent qui sentait les foins que l'on achevait de couper dans les prés les plus hauts à la limite de l'alpage.

Le speaker avait repris son micro :

— « Nous voilà donc au départ de la dernière épreuve et jusqu'à la dernière minute le suspense reste entier car la première place va se jouer maintenant entre le concurrent numéro trois et le concurrent numéro sept. Autrement dit entre le lieutenant de Lassalle, vainqueur de l'an dernier, et Miguel Mendeguia qui le talonne de très près à la suite d'une sensationnelle remontée au classement général. Qui va l'emporter ? Nous le saurons au cours des minutes qui viennent. Attention, voici que le lieutenant de Lassalle se prépare au départ... »

Le commandant Ériart se pencha sur Lassalle installé au volant de sa jeep :

— Si vous ne le battez pas dans cette dernière épreuve, vous perdez le rallye. Votre prestige est en jeu, je n'ai pas besoin de vous le dire. Faites l'impossible.

Le lieutenant de Lassalle abaissa ses lunettes sans répondre et avança vers la ligne de départ. Il démarra très vite, franchit les premiers virages à la vitesse maximum en prenant des risques puis, du départ, on le perdit de vue.

Laurent était aussi nerveux à présent qu'Ériart. Un des militaires parlait dans un talkie-walkie.

— Compris. (S'adressant à Ériart :) Quatre minutes trente-sept à mi-parcours, mon commandant.

Laurent regarda Miguel en faisant la grimace. Le speaker enthousiaste se déchaînait à son micro :

— « Quatre minutes trente-sept ! Extraordinaire ! C'est le temps du lieutenant de Lassalle à mi-course, je ne voudrais pas me hasarder à un pronostic, mais il sera difficile pour ne pas dire impossible de faire mieux ! »

Ériart se tenait à côté du talkie-walkie, ne cherchant plus à masquer son impatience. Les spectateurs, venus encore plus nombreux que la veille, étaient suspendus, eux aussi, aux résultats. Plusieurs minutes passèrent. Le talkie-walkie demeurait muet.

— Mais enfin, dit Ériart au militaire, pourquoi ne disent-ils rien ? Il devrait être arrivé !

— Voilà, dit le soldat, ça reprend. (Il écouta.) Il vient d'arriver. (Il écouta de nouveau.) Neuf minutes cinquante-trois !

Ériart eut un haut-le-corps :

— Neuf minutes cinquante-trois... Ce n'est pas possible ! Ou alors il lui est arrivé quelque chose !

— Il dit qu'il a manqué un virage, commenta laconiquement le soldat.

Ériart s'éloigna. Miguel à son tour prenait le départ. Laurent Gavalda souriait : maintenant Miguel gagnerait !

*

* *

La remise des coupes avait lieu traditionnellement sur la place principale. Les commissaires étaient là et Ériart, renfrogné, d'autant plus morose qu'il avait été plus heureux lorsque Claire-Marie avait accepté de présider à la remise des coupes. Elle était là, à côté de lui, et elle souriait, mais pour qui l'eût bien regardée, sa bouche seule souriait. Ses yeux, ses traits exprimaient moins la joie qu'une sorte de réflexion intérieure ou de détachement.

Le commissaire Lapassade annonça :

— Vainqueur toutes catégories : Miguel Mendeguia.

La foule applaudit. Miguel s'avança. Claire-Marie lui remit la coupe. Elle souriait toujours du même sourire lointain. Il y eut de nouveaux applaudissements et Miguel allait s'en retourner quand Laurent Gavalda qui observait la scène se pencha vers Claire-Marie :

— Et le baiser au vainqueur ? C'est la tradition, vous ne pouvez y manquer !

Elle donna l'accolade à Miguel et le commandant Ériart n'en put supporter davantage. Il s'éloigna et s'adressant à l'un des organisateurs :

— Vous m'excuserez auprès des autres. Je me sens un

115

peu fatigué. D'ailleurs les festivités d'après course m'ont toujours paru ridicules...

Laurent Gavalda le regarda s'éloigner avec un certain sourire.

*
*   *

Ils dansaient sur la place, sous les platanes entre lesquels couraient des guirlandes électriques. Cela faisait une voûte lumineuse et verte et la nuit sentait la poussière et le berlingot.

Laurent dansait avec Cécile, Miguel avec Claire-Marie, Diego avec une inconnue et chacun d'eux continuait un dialogue que chaque fin de danse interrompait.

Laurent se moquait d'Ériart et Cécile protestait :

— Vous êtes méchant !

— Un mot de vous et je deviens un ange...

— Quel clown vous êtes !

Elle riait et lui l'écoutait rire, heureux et gai comme depuis longtemps il ne l'avait été.

Claire-Marie parlait elle aussi en dansant avec Miguel :

— Votre ami Diego me disait que vous étiez au collège ensemble à Mexico.

— Je n'y suis pas resté longtemps, je n'étais pas un brillant élève comme lui.

— Vos familles se connaissent, je crois ?

— Ne faites pas attention, il raconte n'importe quoi !

Était-ce la lumière tamisée par les feuilles qui lui faisait ce visage secret où venaient mourir les questions ? Claire-Marie s'en irritait et dit avec un peu d'humeur :

116

— C'est un reproche qu'on ne risque pas de vous faire! Vainqueur ou non vous êtes toujours aussi secret.

Il la regarda et se mit à rire :

— Comme tous les passants, les étrangers... l'inconnu semble souvent insolite.

La danse changeait, l'orchestre jouait les premières mesures d'un fandango.

— Désolé, dit Miguel, mais cette danse... mes talents ne vont pas jusque-là...

— Impossible que vous abandonniez à présent! Ce serait nous faire injure à tous. Le fandango, c'est notre danse et elle est très facile, je vais vous montrer.

Elle commença à danser et au bout de quelques mesures Miguel l'imita. Il dansait avec élégance, elle avec un entrain endiablé. Et comme ses souliers la gênaient, vers le milieu de la danse elle les enleva et continua nu-pieds.

Le fandango fut bissé et lorsqu'elle revint enfin s'asseoir à leur table où il ne restait plus que Laurent, elle se laissa tomber sur une chaise :

— Je suis épuisée. Il y a longtemps que je n'avais pas dansé comme ça!

Miguel s'était éloigné vers le bar pour aller chercher des boissons. Laurent dit lentement :

— En vous regardant danser avec Miguel, j'ai retrouvé la Claire-Marie d'autrefois, passionnée, vivante, gaie... (Et comme son visage se durcissait imperceptiblement, il posa sa main sur celle de Claire-Marie.) Ne vous défendez donc pas. Vous savez bien que j'ai la faiblesse d'aimer voir les gens heureux...

II

Agna regardait, désapprobatrice, la valise ouverte sur le lit et les vêtements posés au dos d'une chaise.

— Vous n'emportez pas votre jolie robe bleue?

Claire-Marie pliait un pull-over, le mettait dans la valise :

— Je pars pour huit jours, pas pour un mois. Quand veux-tu que je la mette?

— Si on veut, dit Agna péremptoire, on trouve l'occasion. Moi, je dis que c'est dommage que vous la laissiez parce qu'elle vous va bien.

— Si je t'écoutais, ma pauvre Agna, il me faudrait dix valises. Chaque fois tu me fais emporter un tas de vêtements inutiles!

— Ça ne coûte rien de prévoir. Le temps peut changer, il fait chaud mais il peut faire froid et on prend mal si on n'a pas ce qu'il faut pour se couvrir!

— Tu m'énerves, tiens! Je reviendrai finir tout à l'heure!

Claire-Marie sortit de la chambre et Agna pinça les lèvres : ce départ aussi brusquement décidé ne lui disait rien qui vaille et, Seigneur, quelle humeur, depuis ce matin!

Pascal plaça les deux valises dans le coffre de la voiture arrêtée devant la maison. Claire-Marie et Agna le suivaient.

— Pour le courrier, vous le gardez jusqu'à mon retour,

je n'attends rien d'urgent, dit Claire-Marie en s'asseyant au volant.

— Et les actions que doit envoyer Bertrand, demanda Pascal. Depuis le temps qu'il en parle!

— Elles seront aussi bien ici si elles arrivent. (Elle fit un petit geste de la main, leur sourit.) Allez, au revoir!

Pascal alla fermer le portail et resta là un moment immobile. Il sursauta en entendant la voix de Miguel :

— Tu en fais une tête!

— Et après!

Il se dirigea vers la maison. Miguel le suivait, insistant :
— Ça ne va pas?

Pascal entra dans la cuisine, se lava les mains, sans répondre et soudain explosa :

— Non, ça ne va pas. Tu disparais presque une semaine pour ton rallye. Très bien. Mais pendant ce temps le travail ne se fait pas!

— Tout a été fait, tu le sais très bien, répondit Miguel avec calme. Sagardoy m'a remplacé pour la tournée de ramassage et aux carrières j'avais laissé des instructions.

Agna intervint :

— Ne l'écoutez pas. Il est comme un crin depuis des jours et des jours. Et moi je sais bien pourquoi.

— Vas-tu te taire, langue de pie? fit avec colère Pascal.

— Et pourquoi tant de mystère? Je vous demande un peu! (Elle se tourna vers Miguel.) Ce n'est pas à cause du rallye qu'il est en colère, c'est à cause du banquier, oui, Bertrand, l'oncle de Gavalda. Il a fait acheter des titres à mademoiselle et il les lui envoie pas. Alors, Pascal, il s'inquiète.

— J'ai mes raisons pour ça. Les affaires de banque je n'y comprends peut-être pas grand-chose, mais les mauvais coups, je les sens et je dis que cette affaire n'est pas catholique. (À son tour, il se tourna vers Miguel.) Mademoiselle a acheté ces titres en octobre de l'an dernier. Je le sais, j'ai entendu Bertrand lui en parler. Depuis elle n'en a pas vu la couleur. Ça ne te paraît pas bizarre, à toi?

— Il faudrait connaître davantage le détail de l'affaire.

— Les papiers sont dans son bureau. J'y ai déjà jeté un coup d'œil. Ça peut paraître pas très correct ce que j'ai fait mais j'étais trop inquiet!

— Eh! pauvre homme, va, on le sait que tu n'agis que pour le bien de mademoiselle! grogna Agna impatientée.

— Alors, ces papiers, qu'en as-tu conclu? demanda Miguel.

Pascal eut un hochement de tête :

— J'y ai rien compris du tout. (Il hésita puis dit avec gêne :) Peut-être que si tu les regardais, toi, tu saurais nous dire... Je suis inquiet, vraiment, tu sais!

— Bon, dit Miguel, fais-les moi passer, j'essaierai.

— Viens avec moi, dit Pascal.

Miguel le suivit dans le bureau de Claire-Marie. Pascal lui donna un dossier et attendit en silence que Miguel l'ait examiné.

— Alors, fit-il d'un ton anxieux, tu as trouvé quelque chose?

— C'est assez clair. Bertrand lui a fait vendre des actions de famille pour prendre des parts de fondateur dans une société, la Someva.

— Quel genre de société?

— Une compagnie immobilière de Saint-Sébastien. Tout dépend de ce qu'elle vaut. Pour le savoir, il faudrait être sur place et se renseigner.

121

— Tu ne pourrais pas y aller? Tu parles espagnol, tu présentes bien...

— Et le travail alors? demanda Miguel ironique.

— Le travail passera après, dit Pascal avec fermeté. Savoir est plus important. Si tu es d'accord, je te prête ma voiture et tu pars demain.

Dans ce même bureau, un soir de l'automne précédent, Miguel avait compulsé, en cachette aussi, un autre dossier. Il espérait alors découvrir la vérité, savoir enfin qui avait tué Henri Élissalde... Tout un hiver, tout un printemps, même l'été avaient passé. Vainement. Pourquoi s'entêtait-il à demeurer à Haltçaï puisque aussi bien la preuve était faite qu'il ne trouverait rien après vingt-cinq années?

Pourquoi accepter d'aller en Espagne enquêter sur une société immobilière dont il n'avait que faire?

Tout laisser tomber et rentrer au Mexique, reprendre à l'hacienda la vie d'avant. C'était la seule sagesse.

Et pourtant il répondit à Pascal:

— D'accord, je partirai demain pour Saint-Sébastien.

*
*   *

Diego Marquès regarda avec stupeur Miguel assis dans un fauteuil de la salle d'attente de la banque.

— Si je m'attendais à te voir si vite après le rallye! Qu'est-ce qui t'amène, *amigo?* Tu ne m'avais pas annoncé ta venue l'autre soir?

— Je ne me doutais pas non plus que je serais obligé de venir. Je vais avoir besoin de toi.

— Bien volontiers. Viens dans mon bureau.

122

Miguel le suivit, expliqua l'histoire. Diego réfléchit une minute.

— La Someva, j'en ai entendu parler mais sans plus. A priori il n'y a pas de raison particulière d'être inquiet.

— La transaction porte quand même sur plus d'un million de francs lourds!

Diego eut un petit sifflement :

— Diable, ce Bertrand n'est pas pour les demi-mesures et je comprends ta démarche. A mon avis, le mieux serait que tu ailles au siège de la société, tu auras déjà une idée plus précise. De mon côté, je vais essayer d'obtenir d'autres renseignements. On se retrouve pour dîner?

— Entendu. A ce soir.

Les bureaux de la Someva étaient au dernier étage d'un immeuble moderne, assez luxueux. Au centre de la pièce où se tenait Miguel, une table était chargée de maquettes et de plans. On entendait le bruit d'une machine à écrire. Un homme de trente-cinq ans environ sortit d'un bureau et s'avança vers Miguel :

— ¿Y que desea Vd, señor?

— Excusez-moi, dit Miguel, je suis Français et je ne parle pas espagnol.

L'homme eut un large sourire :

— Soyez le bienvenu, monsieur. Que puis-je pour vous?

— Je cherche à faire un placement immobilier et votre région m'intéresse. En passant à Bayonne des amis m'ont conseillé de venir vous voir. Ils avaient lu vos annonces publicitaires.

— Ils ont eu raison! Permettez-moi de me présenter: je suis le secrétaire général de la Someva. A ce titre, je peux vous dire que vous trouverez difficilement une aussi bonne affaire que la nôtre. Mais je suppose que vous désirez des précisions sur le projet ?

Miguel hocha la tête affirmativement, l'autre reprit aussitôt :

— Mais c'est bien naturel. Voyez-vous... (il alla vers un plan mural) vous comprendrez mieux en regardant ceci. La Someva est une société jeune et dynamique dont la première opération se situe exactement ici. (Il montra un secteur de la carte.) Le terrain est admirablement situé en bordure de mer et très bien desservi par la route qui passe là. (Il désigna une ligne rouge sur le plan.) Jusque-là le propriétaire ne voulait pas vendre. (Il eut un rire assez satisfait, un peu fat.) Nous avons eu plus de chance que nos concurrents...

Miguel l'écoutait jongler avec les chiffres, les dates, les commanditaires, les plans et les architectes et il se demandait où était la faille — si toutefois faille il y avait...

— Je suis très intéressé, dit-il enfin, mais avant de prendre une décision, je souhaite visiter les terrains.

Le secrétaire général eut un sourire un peu crispé — ou Miguel l'imaginait-il ?

— Si vous voulez, dit-il toujours aussi affable, mais vous allez perdre votre temps. Il n'y a encore rien à voir. La construction n'est pas commencée et les maquettes donnent une représentation très fidèle de l'ensemble. Autant éviter un déplacement inutile.

— Sans doute, dit Miguel, mais en me rendant sur place je me ferai une idée plus personnelle des lieux. Je préfère.

Le secrétaire général dit avec une pointe d'agacement :

— Si vous y tenez, je vais vous accompagner.

Le terrain était bien en bordure de mer, proche d'une grande villa. Quelques cabanes habitées par des pêcheurs subsistaient encore. On apercevait un vieux en train d'arranger des lignes. Une grande pancarte rédigée en plusieurs langues annonçait : « Ici la Someva construit six immeubles de grand standing, piscines, restaurant... »

— Évidemment, dit le secrétaire, on a du mal à imaginer ce que cela sera dans quelques mois... mais vous le voyez, la plage est magnifique et la vue sur la mer imprenable.

Miguel regardait la grande villa.

— Vous avez acheté tout le terrain ?

— Le propriétaire en a conservé une partie, mais nous ne désespérons pas de le convaincre. Je n'ai pas dit mon dernier mot.

— L'acte de vente, bien sûr, a été signé ?

— Bien entendu. Il est en cours d'enregistrement. Nous commençons les travaux de voirie dans une semaine. Au printemps prochain, tout sera fini.

A nouveau très aimable et très sûr de lui... Un homme s'approcha d'eux. Le secrétaire lui posa quelques questions en espagnol. Miguel s'était négligemment détourné.

— Si quelqu'un vient, dit, toujours en espagnol, le secrétaire, tu me l'envoies immédiatement et surtout tu t'arranges pour qu'ils ne discutent pas avec les gens d'ici... (Puis se tournant vers Miguel.) C'est le gardien de l'ancien propriétaire, je lui demandais de m'envoyer les visiteurs éventuels.

Miguel regardait en direction des cabanes de pêche. Le vieux triait toujours ses lignes. Miguel décida de revenir un peu plus tard l'interroger.

C'est par lui qu'il apprit que le propriétaire du terrain était le señor Ferreiro, qu'il n'était pas content le jour où la Someva avait mis sa pancarte publicitaire parce qu'on disait qu'il n'avait pas encore été payé... Le gardien, venu rôder près d'eux, interrompit la conversation mais Miguel en avait appris suffisamment pour partager désormais les inquiétudes de Pascal...

Le soir venu, il retrouva Diego au restaurant.

— Tu as pu avoir des tuyaux ? demanda Miguel dès que le garçon se fut éloigné emportant leur commande.

— Peu de choses. C'est la banque hispano-latine qui est le principal commanditaire de la Someva et son P.D.G. est Bertrand. Donc c'est lui qui dirige l'opération par personne interposée. Mais c'est assez courant.

— Ce qui l'est moins, c'est que, selon les gens du coin, le terrain n'aurait pas encore été payé.

— Si c'est vrai, mauvaise affaire...

— J'ai le nom du propriétaire, Ferreiro. Crois-tu que je puisse le rencontrer ?

— Je pense, dit Diego. Par l'intermédiaire du directeur de ma banque.

Ils se séparèrent tard dans la nuit. Miguel regagna son hôtel, seul, par de petites rues mal éclairées. Soudain un groupe de jeunes voyous surgit et avant qu'il ait le temps de réaliser, il était assommé et s'effondrait sur le sol. Un des voyous se pencha sur lui, mais à ce moment on entendit des pas qui se rapprochaient. Les voyous s'enfuirent. Miguel réussit à se relever. Deux gardes civils s'approchaient.

— Que vous est-il arrivé ? demanda l'un en espagnol.

— J'ai été attaqué, répondit Miguel en français.

— Vous êtes blessé ? demanda alors en français aussi le second garde.

— Non. Rien de grave. Ça va aller. Merci.

Assis derrière son bureau, les mains posées à plat sur les accoudoirs — acajou et bronze — de son fauteuil directorial, Bertrand regardait avec mépris le secrétaire général de la Someva qui avait sollicité un rendez-vous d'urgence.

— Il y a d'autres moyens de neutraliser un client trop curieux. C'est votre travail, pas le mien. Vous avez tout à apprendre, mon pauvre ami !

— Il m'a demandé de le conduire sur place. J'étais bien obligé d'accepter.

— Évidemment, vous étiez obligé mais ensuite, il n'aurait jamais dû rester seul. Il fallait lui proposer de visiter la ville, l'inviter à dîner, le faire boire, l'endormir d'une manière ou d'une autre ! C'est pour éviter des ennuis de ce genre que je vous paie.

— Je ne pouvais pas deviner qu'il allait revenir au terrain interroger les gens !

La façon dont le secrétaire lui tenait tête acheva de rendre Bertrand furieux :

— Si, vous auriez dû ! Il suffisait de payer les pêcheurs pour qu'ils se taisent ou alors de leur faire peur, mais pas l'attaquer, lui, c'était idiot et trop tard... Avez-vous seulement son adresse en France ?

— Non, mais le gardien m'a donné le numéro de sa voiture.

Il tendit un papier à Gavalda qui lut :

— 2274 AD 64... 64, c'est le numéro des Pyrénées-Atlantiques. (Il réfléchit quelques instants, puis décrocha le téléphone.) Allô ! appelez-moi d'urgence le 33-86 à Saint-Jean-Pied-de-Port... Oui, en France. En priorité sur toutes les autres communications. (Il reposa le téléphone.) Décidément, il faut que je m'occupe de tout et si je n'étais pas là pour vous tirer d'affaire, je me demande ce que vous feriez! Je n'ai plus besoin de vous, vous pouvez disposer.

— Mais, dit le secrétaire général en hésitant, je croyais...

Un geste sec de Bertrand l'interrompit :

— Laissez-moi seul.

Le secrétaire sortit. Peu après le téléphone sonna. Bertrand prit l'appareil :

— Allô! passez-moi M. Bordet, s'il vous plaît... Ah! c'est vous. Bonjour, ici, Bertrand. J'aurais besoin d'un renseignement. J'ai vu un acheteur intéressé par la Someva. Je pense qu'il n'a pas donné son vrai nom. Il circule dans une voiture immatriculée (il retourna le papier placé sur son bureau) 2274 AD 64. Oui, c'est ça, 22 74. J'aimerais obtenir quelques précisions sur son compte. Discrètement, n'est-ce pas? Vous me rappelez aussitôt. Je compte sur vous. Merci.

— Alors, demanda Diego, tu as vu Ferreiro?

— Oui, dit Miguel. Il veut vendre son terrain et il a accordé une option à la Someva, c'est vrai, mais elle expire dans quinze jours et si à cette date il n'a pas reçu le premier versement, il reprend sa liberté.

— Parce qu'il n'a encore rien reçu?

— Rien. Ils lui proposaient des « arrangements », de le payer en partie avec des actions...

— Faute d'argent liquide. Tout s'explique, malheureusement! Bertrand fait vendre des actions à Claire-Marie et garde l'argent pour lui. Il promet ensuite des parts de fondateur dans une société immobilière plus ou moins fictive qui se révèle en tout cas incapable de trouver les fonds nécessaires à l'achat d'un terrain. Vu ?

Miguel hocha la tête.

— Comment compte-t-il s'en sortir ?

— Ça ! Je n'en sais rien, mais pour l'instant c'est une escroquerie pure et simple. Si Claire-Marie veut récupérer son argent, qu'elle réagisse vertement et vite. S'il a peur, peut-être qu'il le lui rendra... C'est la seule chance qu'elle ait, sinon...

— Je vois. Je vais essayer de la convaincre.

— Tu repars quand ?

— Demain matin.

*
*   *

Dans le bureau de Bertrand, il faisait chaud et la main moite du banquier collait à l'ébonite de l'écouteur téléphonique :

— Oui, je comprends le danger, inutile de me donner d'autres explications... (Sa voix monta d'un ton.) Évidemment que je vais prendre des dispositions... Ai-je l'habitude de me laisser faire ? Oui, je vous rappelle. Au revoir.

Un de ses adjoints, assis près d'un dossier qu'il compulsait, leva les yeux :

— Mauvaises nouvelles ?

— Plutôt. La voiture appartient au régisseur d'Haltçaï, la propriété de Claire-Marie d'Arrègue, Élissalde si vous préférez. Il l'a prêtée à un employé du domaine, un certain Mendeguia. Le voilà notre fameux client !

L'adjoint fit la grimace :

129

— Autrement dit, s'il revient en France, nous risquons de sérieux ennuis ?

— Oui, dit Bertrand avec un petit rire, s'il y revient.

*

* *

Miguel roulait vite, dans le petit matin, sur la route de l'intérieur qui mène au poste frontière des Aldudes. Il avait hâte d'être en France, calculait ce qu'il allait dire à Claire-Marie pour avoir le plus de chance de la convaincre. Il était si préoccupé qu'il ne remarqua pas le motocycliste appliqué à le suivre depuis Saint-Sébastien et qui subitement arrêtait la filature à une dizaine de kilomètres de la frontière et retournait à toute allure vers la ville.

Il entra dans un café puis dans une cabine téléphonique et appela la douane centrale.

... A l'intérieur du poste de douane espagnol des Aldudes, un douanier nota un numéro sur une feuille de papier : 2274-64. Et comme le chef de poste sortait de son bureau et demandait : « Qui téléphonait ? », il répondit :

— Le bureau central. Ils ont reçu un appel anonyme signalant une voiture de trafiquants. Voilà son numéro.

La frontière n'était plus qu'à trois kilomètres. Machinalement, Miguel accélérait. Il lui semblait qu'il n'y avait plus une minute à perdre. Cet argent, il fallait que Bertrand le rende à Claire-Marie. Rende dans le sens rendre gorge ! Tout à coup, la voiture se mit à tanguer et Miguel jura entre ses dents : c'était bien le moment de crever !

Il s'arrêta. Comme il s'y attendait le pneu arrière droit était à plat. Il plaça rapidement le cric et dévissa les écrous. Quelques instants plus tard, en sortant la roue de secours de son logement, il découvrit, coincé entre la jante et la tôle du coffre, un paquet de la taille d'une cartouche de cigarettes.

Qui l'avait placé là ? Intrigué, Miguel l'examina puis, après une brève hésitation, défit l'emballage. Il ne contenait pas de cigarettes mais quelque chose de beaucoup plus compromettant... A première vue, il s'agissait de haschisch. De quoi le faire envoyer en prison pendant plusieurs mois... Et dire qu'il avait maudit cette crevaison ! Sans elle...

Miguel s'assura qu'aucune voiture n'approchait et jeta le paquet dans le ravin. La réparation terminée, il reprit la direction du poste frontière, curieux de voir ce qui allait maintenant se passer. Les douaniers étaient sûrement alertés !

Deux heures durant, en effet, les douaniers espagnols fouillèrent la voiture, démontant les roues, les sièges, ne laissant invérifié aucun recoin. Miguel, de son côté, répondait calmement à l'interrogatoire du chef de poste. Oui, il était sujet mexicain, oui, il travaillait en France, oui, il avait pris quelques jours de vacances pour aller voir un ami à Saint-Sébastien... Il logeait à l'hôtel Terminus, l'ami s'appelait Diego Marquès, travaillait à la banque de Madrid et du Mexique... Mais oui, qu'on vérifie, c'était facile... Simple contrôle de routine... mais bien sûr...

Lorsqu'il put enfin repartir, un des douaniers, morose, constata :

— On s'est fatigué pour du vent !

— Moins que tu crois, peut-être, dit un autre. Les douaniers français ont dit au chef que le type était déjà repéré chez eux comme suspect. Si de notre côté aussi il est grillé...

III

L'entretien avait mal commencé et à mesure que Pascal parlait, Miguel voyait le visage de Claire-Marie se fermer. Son regard, d'abord amusé, un peu moqueur, devenait dur, sa voix sèche :

— Et comment as-tu fait pour savoir tout ça ?

Car — et c'était également un signe — depuis que Pascal avait commencé à accuser Bertrand, elle affectait d'ignorer Miguel qui se tenait pourtant là, devant elle, dans son bureau.

— C'est-à-dire... (Pascal toussota avec gêne.) J'étais un peu au courant.

— Réponds-moi clairement, je te prie, Pascal. Vous êtes venus dans mon bureau, oui ou non ?

— Oui.

— Et vous avez recherché les dossiers ?

— Oui.

— Profitant de ce que j'étais partie pour venir fouiller mes affaires et vous mêler de choses qui me regardent seule. Cela, je ne l'accepterai pas !

Pascal était devenu un peu rouge et haussa le ton lui aussi :

— Mais c'était dans votre intérêt ! Si je vous avais parlé en face, est-ce que vous m'auriez écouté ? Rien du tout. Vous auriez ri. Moi, je voulais avoir des preuves avant de vous parler, pour vous convaincre que Bertrand est en train de vous voler ! (Il se tourna vers Miguel.) Mais dis-lui, toi, ce que tu sais, au lieu de rester là muet comme un spectre !

Elle paraissait enfin le voir et les coins de sa bouche se relevaient un peu, sa voix se moquait :

— Parce que vous jouez, vous, les détectives amateurs ?

— Je suis allé à Saint-Sébastien.

Le regard de Miguel était froid. Son ton indifférent. Elle parut piquée, accentua son ironie :

— De mieux en mieux ! Et qu'avez-vous appris ?

— De quoi donner à réfléchir.

Sa brièveté ressemblait à une provocation et elle la ressentit comme telle.

— Expliquez-vous.

— La Someva n'a été créée qu'au mois de mars, donc Bertrand vous a fait vendre vos actions bien trop tôt. De plus, malgré votre apport, la Someva n'est même pas en mesure d'acheter le terrain, à quinze jours de l'expiration de l'option prioritaire. Il est donc à craindre que vos parts de fondateur, si on vous les remet un jour, soient dépourvues de toute valeur. C'est tout.

— Et vous avez découvert cela en trois jours ? Quelle rapidité, quelle clairvoyance ! (Elle passa de l'ironie au mépris.) Mais enfin qui êtes-vous ? Pour qui vous prenez-vous ? Pour un expert financier peut-être ? Vous ignorez tout de ces questions et vous vous permettez d'accuser d'escroquerie un banquier aussi sérieux, aussi connu que Bertrand ?

Cette fois, la colère le gagnait à son tour mais il réussit à dire du même ton froid :

— Je vous ai dit la vérité mais je ne peux vous forcer à me croire.

— N'y comptez pas, en effet. Mon père et mon grand-père qui, sans vouloir vous vexer, étaient autrement qualifiés que vous, ont toujours eu confiance en Bertrand. Moi aussi. D'autre part, si je désire des renseignements, je n'ai aucun besoin de vous. Je peux les obtenir seule, quand je voudrais. Toute cette histoire est inadmissible et je vous prie désormais de garder vos initiatives pour vous.

Miguel sortit sans répondre. Pascal fit une ultime tentative :

— Je ne suis pas banquier, moi, ni beau parleur mais j'ai donné plus de preuves d'attachement à votre famille que Bertrand et sa clique. Si vous vouliez seulement réfléchir, vous verriez que j'ai raison : pendant que vous avez confiance dans ce Bertrand, il vous vole !

Claire-Marie parut soudain lasse :

— Bon ! Tête de mule comme je te connais, tu vas me répéter ça tous les jours !

Il y eut un silence. Elle allait et venait dans la pièce et son agitation contrastait avec l'immobilité de Pascal. Elle se dirigea enfin vers le téléphone.

— J'appelle Bertrand. Je l'appelle tout de suite. Oh, tu peux rester !

— Non, dit Pascal. J'ai ma dignité.

Elle ne put s'empêcher de sourire et lorsqu'une heure plus tard elle croisa dans la cour le vieux régisseur, elle lui lança gaiement :

— Bordet va venir tout à l'heure pour me donner des explications ! Tu vois...

— Je vois, je vois, grogna Pascal, que tout ça c'est compère et compagnon et que ça vaut pas cher, non, pas cher du tout !

Claire-Marie était malgré tout nerveuse. Les paroles de Miguel plus encore que celles de Pascal l'avaient ébranlée et elle reçut Bordet assez froidement.

— Vous vous êtes déplacé très vite. Merci.

Il s'inclina et dit avec une fausse bonhomie qui lui donnait un air paternel :

— C'est bien naturel. M. Bertrand m'a mis au courant. Vous étiez, je crois, inquiète au sujet de vos parts de fondateur ?

— Inquiète, c'est un grand mot. J'ai posé quelques questions à ce sujet. C'est tout.

Il hocha la tête et tapota d'un doigt son menton :

— Voyez-vous, chère madame, le problème est un peu technique mais sans mystère : quand on crée une société, il s'écoule toujours un temps assez long entre le moment où les fonds sont déposés chez le notaire et l'émission des actions. (Il leva les yeux au ciel.) Il faut accomplir d'innombrables formalités, surmonter des arguties juridiques, rédiger l'acte de fondation dans les termes adéquats... et j'en passe... Dans le cas présent, il nous a fallu remanier les statuts sur le conseil de notre expert juriste et cela nous a valu un retard considérable. Mais... (il ouvrit sa serviette, prit un dossier) je vous ai apporté les nouveaux documents, vous pourrez les consulter. La question étant maintenant enfin réglée, vous recevrez les certificats dans quelques jours.

Claire-Marie prit le dossier :

— J'ai aussi entendu parler de rumeurs alarmantes sur la situation financière de la Someva.

— Ah oui ! Les terrains ! (Le visage un peu chafouin de Bordet n'était plus que plis débonnaires.) En a-t-on assez parlé de cette histoire des terrains ! Et pourquoi ? Pour une manœuvre déloyale d'un de nos adversaires. Nous n'avons pas, chère madame, que des amis !

— Une manœuvre déloyale ? Comment cela ?

136

— Très simplement. Si un concurrent fait courir le bruit que la Someva se trouve en difficultés, les actions baissent dès leur émission. Il en achète alors une part importante à bas prix. Quand on découvre qu'il s'agissait d'une fausse nouvelle, les cours remontent et il suffit alors de vendre pour réaliser un joli bénéfice. C'est toute l'explication des rumeurs auxquelles vous faisiez allusion.

— C'est de l'escroquerie !

— Je le pense aussi. Hélas, de telles pratiques sont monnaie courante dans nos milieux boursiers. (Il referma sa serviette, se leva.) Pour achever de vous rassurer, je vous dirai, en confidence, que j'ai pris moi aussi une participation dans la Someva. Vous pensez bien que si j'avais eu le moindre doute sur sa solidité...

Lorsqu'il fut reparti, Claire-Marie appela Pascal et lui raconta l'entretien.

— Alors, tu es content ?

— Oh, content !

Pascal avait son air le plus buté.

— Qu'est-ce qu'il y a encore ?

— Bordet, je le connais, il ment comme il respire !

— Par moments, s'écria Claire-Marie excédée, je ne sais pas ce que je te ferais ! Ce n'est pas Pascal que tu devrais t'appeler, c'est Thomas !

*
* *

Il était venu au vivier à truites comme d'autres se réfugient dans un lieu clos — chambre, lit, bureau, grenier. Lui avait besoin, lorsqu'il était blessé, de la vue d'arbres ou

137

d'herbes, ou d'eau, de sentir sur son visage le vent ou la pluie ou le soleil. Un contact physique qui le réconfortait — ou peut-être le rassurait?

El puis il aimait le vivier à truites. C'était l'endroit d'Haltçaï qu'il préférait. Si paisible avec le bruit de fond de l'eau du gave.

Il donna la nourriture aux truites, nettoya un bassin et venait juste de remonter sur la petite murette qui faisait digue lorsqu'il aperçut Claire-Marie. Elle ne l'avait pas vu, continuait à avancer, se baissait pour cueillir une tige de menthe sauvage, l'apercevait enfin et s'arrêtait gênée :

— Je ne savais pas que vous étiez là.

— J'avais les bassins à nettoyer.

Elle parut ne pas entendre, elle regardait la pente douce du pré et le soleil qui faisait des taches sur l'eau des bassins entre les branches des peupliers. De temps à autre une truite sautait.

— C'est un endroit calme, dit-elle. J'y viens parfois. Pour rien, comme ça, uniquement par plaisir.

Si différente de ce matin, dans le bureau... Désireuse, c'était visible, de trouver un ton amical pour lui faire oublier... Oublier quoi? Le fandango de l'autre soir et sa gaieté qui n'était pas feinte, on eût cru même à de la joie. Ou la scène de ce matin — gestes secs, voix impérieuse : « Pour qui vous prenez-vous? Pour un expert financier peut-être ? »

— Au sujet de ce matin, dit-il brusquement, je comprends votre réaction. Je n'aurais pas aimé, je crois, moi non plus, que des étrangers viennent se mêler de mes affaires.

Elle s'était raidie, cessait de jouer avec cette tige de menthe.

138

— Pourquoi en reparler? C'est passé.

— Si, dit-il avec force, il faut en reparler. Je tiens, moi, à en reparler. Parce que l'injustice m'a toujours révolté. J'ai horreur, oui, horreur, de voir les innocents passer pour des coupables et les crapules pour des honnêtes gens. Je suis certainement ridicule puisque je ne peux supporter les voleurs effrontés, les escrocs triomphants! M. Bertrand peut donner le change, il n'en reste pas moins ce qu'il est. (Il la regarda.) Je maintiens mes accusations contre lui, même si cela ne me regarde pas, c'est vrai, et je les maintiendrai même si je dois perdre. Voilà ce que je voulais vous dire.

Il s'en alla brusquement, laissant Claire-Marie abasourdie de cette violence soudaine.

*

* *

Il n'avait même plus envie de retourner au vivier à truites ni de marcher au hasard des prés ni de longer le gave en écoutant le bruit apaisant de son eau.

Assis sur le rebord de pierre d'une murette, il jouait de la guitare et quand il s'arrêtait, sentir sous sa main la tiédeur de la pierre le réchauffait. Un froid intérieur, quand tout part à la dérive, avec ou sans raison précise, et la nuit d'été trop parfaite, comme un pied de nez à son cafard.

Une petite voix enfantine demanda :

— Tu joues encore, Miguel?

Il regarda, étonné, les deux nattes, le visage rond et les yeux bleus d'Annette :

— Qu'est-ce que tu fais là au lieu d'être couchée?

Elle dit gravement :

— Il n'est pas tard, tu sais, juste un peu nuit et il fait trop chaud au lit. J'ai entendu que tu jouais.

Elle avait une moue :

— Joue encore, Miguel !

Il la prit dans ses bras :

— Tu es la plus gentille, tiens !

Et il se remit à jouer.

Quelques instants après, Sagardoy passa, s'arrêta, écouta :

— Toi, pour jouer comme ça, c'est que ça va mal !

Miguel haussa les épaules :

— Et après ? Qu'est-ce que ça peut te faire ?

Sagardoy fit mine de se fâcher :

— D'abord, ne me parle pas sur ce ton, je n'aime pas ça. Je connais ta maladie, Mexicain. Allez, viens faire un tour à Saint-Jean, ça te changera les idées !

— Après tout, pourquoi pas ?

Il se pencha vers la petite fille :

— Toi, maintenant, tu reviens à la maison et tu te remets au lit. Tu vois, j'ai fini de jouer.

Sagardoy ajouta de sa grosse voix :

— Et alors, moustique, veux-tu bien te sauver ! Si ta mère te voyait là !

Elle eut un petit rire qu'elle étouffa de sa main et partit en courant vers l'une des fermes d'Haltçaï.

Sagardoy posa sa main sur l'épaule de Miguel :

— Allez ! On va récupérer les copains !

*
*   *

Ils avaient chanté en basque tout le long de la route et continuaient dans les rues de Saint-Jean-Pied-de-Port où semblait s'être amassée toute l'ardeur du jour. On étouffait. Ils cherchèrent un café.

— C'est encore ouvert, dit Sagardoy. On a de la chance...

Ils entrèrent tous, s'attablèrent et se remirent à chanter. Brusquement une altercation éclata au comptoir entre deux consommateurs :

— Je vais me gêner peut-être ? cria l'un. Si ça ne te plaît pas, tu n'as qu'à sortir, on va s'expliquer... Viens donc !

— Tu le reconnais ? demanda Sagardoy à Miguel.

— Bien sûr.

C'était Adrien, le neveu de Mendiboure. Il semblait avoir bu passablement, marchait vers l'autre client :

— Allons, avance !

L'homme, petit et sec, sortit un couteau à cran d'arrêt.

— Tu crois me faire peur, peut-être ? ricana Adrien.

Et il continua d'avancer.

L'homme lui porta un coup. Adrien para avec le bras. Le couteau déchira la chemisette et entailla la chair.

Miguel s'était levé. Il saisit le poignet de l'homme, lui fit une clef. Le couteau tomba. Après une courte lutte, Miguel immobilisa son adversaire.

Deux autres hommes qui étaient du même groupe et apparemment étrangers au pays, regardaient faire.

— Emmenez-le, dit Miguel en se tournant vers eux. Avant que ça ne finisse tout à fait mal.

— C'est l'autre qui l'a cherché, grogna un des hommes.

— Possible, dit Miguel, mais ici, les couteaux, on n'aime pas beaucoup ça.

Ils sortirent en entraînant leur compagnon.

141

Adrien tenait son bras qui saignait :

— Non, mais vous avez vu, ce salaud, mais vous avez vu...

Il répétait : « Vous avez vu » avec une fixité d'ivrogne, ne semblait reconnaître ni Miguel ni Sagardoy.

— Relève ta manche, dit Sagardoy (et au patron), mettez-lui du cognac pour désinfecter.

— Vous avez tort aussi, dit la serveuse à Adrien tout en lui pansant le bras. A toujours chercher la bagarre, voyez ce que vous récoltez !

Ils rentrèrent à l'aube. Adrien totalement éméché descendit péniblement de la jeep de Sagardoy devant la ferme de son oncle Mendiboure avec lequel il habitait.

Il bredouillait d'une voix pâteuse :

— Vous êtes des frères... si, c'est vrai... des frères. J'oublie... j'oublierai pas... des frères...

— Va te coucher, dit Sagardoy en riant, sinon tu vas voir ton oncle, tout à l'heure, s'il va te souhaiter ta fête !

— Oh ! fit Adrien, mon oncle...

Il éclata d'un rire stupide et s'effondra sur un tas de fougères tandis que la jeep repartait et que Mendiboure ouvrant sa fenêtre criait :

— Qu'est-ce que c'est encore que tout ce charivari ?

Miguel préféra ne pas se coucher. Il serait bientôt l'heure de partir au ramassage du lait dans les fermes.

Il commença à atteler la remorque à la jeep. Le jour était tout à fait levé. Guillaume, le berger des Amestoy, entra tout à coup dans la cour d'Haltçaï.

— Salut, Guillaume ! Tu es bien matinal.

— Ça m'arrive. (Il leva les yeux sur Miguel.) Je viens de la part du vieil Amestoy. Il ne va pas bien. Il veut te voir.

— Pourquoi ?

Guillaume eut un regard qu'alourdissaient les poches des paupières :

— Je ne sais pas. Il ne me l'a pas dit.

*
*   *

Le vieil Amestoy était couché dans son lit et le drap remonté haut lui donnait déjà un air de gisant qui impressionna Miguel. Il dut se forcer pour dire le banal :

— Vous n'avez pas l'air d'aller si mal !

Le vieux remua un peu les doigts :

— La carcasse est usée. Je le sens bien cette fois. Elle était solide pourtant, mais elle en a vu...

Il y eut un silence.

— Tu te souviens, reprit le vieil Amestoy, quand vous êtes montés jusqu'ici, mademoiselle et toi, je t'ai dit que tu me rappelais quelqu'un.

— Je me souviens, dit Miguel.

— Tu me rappelles le vieil Etchegorry.

Il semblait attendre une réponse, un geste. Miguel demeurait immobile, silencieux. Amestoy eut alors une sorte de sourire, murmura comme pour lui « race basque, race têtue ».

— Alors, reprit-il sans cesser de fixer Miguel, si je ne me trompe pas, je sais peut-être quelque chose qui pourrait t'intéresser.

— A quel sujet ?

— L'affaire Élissalde. As-tu entendu parler d'un certain Laborde ? René Laborde ?

— Jamais.

— Pendant la guerre, pour échapper aux Allemands, il est passé en Espagne. Il revenait en cachette de temps à autre. On prétendait qu'il faisait du trafic, l'or, les pesetas. Vers quarante-six ou quarante-sept, on a fait une affaire ensemble, un lot de mulets. On est parti à Bayonne pour fêter ça. On a bien mangé et bien bu. Au cours de la nuit, la conversation est tombée sur la Résistance, les passages. A un moment, Laborde a dit : « On ne connaît pas la vérité sur l'affaire Élissalde. Si je voulais parler, y en a qui auraient des surprises... » Peut-être qu'il se vantait, peut-être pas... mais le lendemain, quand j'ai essayé de lui en reparler, il a répondu qu'il était ivre ou que j'avais mal compris. Je n'ai rien pu en tirer de plus. J'ai trouvé ça bizarre...

— Qu'est-il devenu ?

— Il a émigré aux États-Unis, il y a une quinzaine d'années. Certains racontaient même qu'il avait eu des ennuis là-bas... Toujours est-il qu'il est revenu depuis deux ou trois mois. On l'a revu dans le pays.

— Vous savez comment le joindre ?

— Non, je ne sais pas mais je voulais t'avertir... (le vieil Amestoy remua de nouveau les doigts) avant de m'en aller.

Miguel regardait avec un peu de surprise Adrien Mendiboure qui traversait d'une allure assez gauche la cour d'Haltçaï. Apparemment il venait vers lui.

— Je suis venu... commença-t-il en regardant ses pieds, enfin... pour te remercier... à cause d'hier...

Miguel se mit à rire :

— Tu m'as déjà remercié ! Tu ne t'en souviens plus ?

Adrien esquissa lui aussi un sourire :

— J'étais pas... pas tout à fait bien... Maintenant je te parle sérieux. Si jamais tu avais besoin de moi... On sait pas, hein ? Ça peut arriver. Eh bien ! tu n'as qu'à me demander parce que moi (il regarda enfin Miguel en face) j'oublierai pas ce que tu as fait.

— D'accord. Je te demanderai. En ami.

— On va boire un verre ?

Miguel rit de nouveau :

— Tu as encore soif ?

Le rire d'Adrien sonna en écho :

— Eh ! c'est pour me remettre...

— Tout à l'heure, si tu veux. Maintenant il faut que je voie Pascal.

Il entra dans la grange où Pascal préparait la litière.

— Comment va Amestoy ? demanda ce dernier.

— Il dit que c'est la fin.

Pascal fit glisser de la fourche un paquet de foin.

— Alors, s'il le dit...

— Tu connais, toi, un certain Laborde ?

— Lequel ?

— René, celui qui était en Espagne pendant la guerre.

— Non, pas beaucoup. Il n'avait pas une réputation...

— Pourquoi ?

Pascal fit tournoyer la fourche :

— Oh ! des histoires. D'ailleurs, il a quitté le pays depuis longtemps.

— Il paraît qu'il est revenu.

— C'est possible, fit avec indifférence Pascal.

Miguel n'insista pas. Si Pascal ne savait rien, Irrigoyen peut-être... Il remontait en jeep, allait chez le fermier et la ronde des questions reprenait :

145

— Tu as connu Laborde, René Laborde? Qui était en Espagne.

Irrigoyen, au contraire de Pascal, semblait surpris :

— Ça alors, c'est drôle que tu me parles de lui juste à présent...

— Pourquoi?

— Parce qu'il était en Amérique, ça faisait des années, et puis, il y a deux jours, je rencontre un type de Bayonne qui prétendait l'avoir revu, il disait même qu'il lui avait parlé, à Bayonne!

— Il était dans la Résistance pendant la guerre?

Irrigoyen avait un petit rire :

— Lui? Dans le trafic, oui! A l'époque, on disait qu'il était en cheville avec Bordet, celui de la banque Bertrand, et qu'ils s'en seraient mis plein les poches tous les deux.

— Il avait de l'argent à la Libération?

— En tout cas il en dépensait! Et pas qu'un peu!

— Personne ne l'a revu dans le pays?

— Je ne sais pas. Mendiboure, peut-être.

— Mendiboure?

— Oui. Il était dans le coup, lui aussi en quarante-trois, quarante-quatre. Et il ne s'est pas oublié non plus. Après ils ont continué à faire des affaires ensemble jusqu'à son départ en Amérique. Ça ne m'étonnerait pas qu'ils soient restés en contact.

Miguel redescendait au village, s'arrêtait dans la rue à hauteur d'Adrien qui faisait un grand geste d'accueil :

— Alors, on le boit ce verre?

— Oui, dit Miguel, mais c'est ma tournée?

— Comment ça, ta tournée?

— Parce que j'ai un service à te demander, tu vois, je ne perds pas de temps...

146

Adrien s'épanouit :

— Tout ce que tu veux.

— C'est au sujet d'un certain Laborde qui vient de rentrer d'Amérique. Je voudrais le rencontrer. Il paraît que c'est un ami de ton oncle. J'aimerais savoir s'il ne l'a pas revu ces temps derniers et s'il sait comment on peut le joindre.

— C'est tout ?

Adrien semblait déçu. Miguel sourit :

— Oui, mais je préférerais que ton oncle ne se doute pas que c'est pour moi que tu te renseignes. Alors, questionne en douceur...

— Fais-moi confiance. S'il connaît ce Laborde, je le saurai et il ne se doutera de rien.

IV

De l'escalier, Miguel entendait la voix de Laurent, le rire de Cécile et il eut un sourire amusé : en une semaine, Laurent avait réussi à être chez Cécile comme chez lui...

Assis dans un fauteuil, un verre de whisky à la main, décontracté, Laurent s'écria :

— Miguel! D'où diable sors-tu? Voilà des jours qu'on ne t'a vu. Ce n'est pas chic de nous laisser tomber, n'est-ce pas Cécile?

Miguel notait le « nous », l'air heureux de Cécile, qui demandait à son tour :

— Où étiez-vous passé?

— Je suis allé en Espagne quelques jours.

— Tiens, tiens, dit Laurent avec un petit regard moqueur. Je vous y prends à faire des voyages d'agrément...

— D'agrément... Si on veut!

Laurent éclata de rire, acheva son whisky, se leva.

— Mes enfants, je me sauve, je suis déjà terriblement en retard et (il soupira de façon comique) les affaires sérieuses me réclament... hélas... (Il baisa la main de Cécile.) A très bientôt, mon cœur. (Et voyant Miguel sourire :) Que signifie, je vous prie, ce sourire? (Il enfla le ton de façon cocasse.) Il contient une insinuation que je ne saurais tolérer. Monsieur, je ne vous salue pas (il sortit, se retourna :) comme dirait notre bon ami Ériart!

— Quel phénomène! dit Cécile.

Il y avait la même tendresse dans sa voix et dans son

regard et, à cet instant, Miguel envia Laurent. Il se sentait, lui, très seul.

— Je vous ai demandé de passer, dit Cécile, parce que je peux enfin vous rembourser... Depuis le temps...

— Vous savez bien que rien ne pressait.

— Peut-être, mais je préfère. Le magasin marche bien et ma principale commanditaire est revenue de voyage. Elle m'a avancé ce qui me manquait pour me permettre de payer mes dettes. Je ne vous ai jamais parlé d'Hélène Saubiette ?

— Non.

— C'est plus une amie qu'une associée. Il faudra que je vous la fasse rencontrer. C'est une femme très intelligente. Elle a longtemps vécu aux États-Unis. Elle était furieuse contre Bordet quand je lui ai dit ce qui s'était passé ! (Elle sourit.) Enfin, grâce à vous... (Et changeant de ton :) Vous m'attendez quelques minutes, le temps de faire un saut à la banque pour m'assurer que mon compte est bien crédité et retirer un carnet de chèques.

— La jeep est devant la porte, laissez-moi vous conduire. Ça ira plus vite (il eut un sourire ironique), puisqu'il vous semble si urgent de me rembourser !

Cécile le regarda avec une gravité soudaine :

— Cela ne signifie pas pour autant que je me sente quitte à votre égard. Je n'oublierai pas ce que vous avez fait, Miguel...

Miguel lui mit la main sur l'épaule en riant :

— Mais j'y compte bien !

Ils sortirent. Dans les rues régnait l'animation des jours de foire et la jeep se frayait un passage comme elle pouvait sur la chaussée envahie de piétons. Devant la banque, Miguel s'arrêta, Cécile descendit :

— Je reviens tout de suite. J'en ai pour deux minutes.

Miguel alluma une cigarette. Devant lui, une autre voiture était arrêtée. Le conducteur, resté au volant lui aussi, était plongé dans la lecture d'un journal. Un instant, Miguel aperçut son visage quand il tourna la page du journal. Un peu plus loin, quatre hommes descendirent d'une camionnette, se dirigèrent vers la banque. Miguel n'y prêta pas attention.

Sa cigarette s'achevait. Il en prit une autre, approcha la flamme du briquet et son geste resta en suspens : de la banque, sortaient en courant des hommes armés de mitraillettes. Deux s'engouffraient dans la voiture qui stationnait devant celle de Miguel, les autres sautaient dans la camionnette. Quelqu'un hurlait :

— Arrêtez-les ! Au voleur !

Mais déjà voiture et camionnette avaient démarré. Miguel se précipita à l'intérieur de la banque.

Il y régnait un grand affolement : des gens criaient, couraient, d'autres au contraire demeuraient comme figés le long du mur où les gangsters avaient dû les faire aligner.

Miguel aperçut Cécile :

— Que s'est-il passé ?

— Apparemment un hold-up, quelle aventure ! Encore une chance qu'ils n'aient pas pris d'otages !

Elle s'efforçait de parler calmement mais elle était pâle et ses doigts tremblaient. Elle dit encore :

— Tout s'est passé si vite, c'est incroyable !

Des cris étouffés, des coups frappés contre la porte du bureau du directeur... Tout le monde se précipita. Le directeur et les employés étaient attachés, bâillonnés.

Miguel aida à les libérer.

— Prévenez la gendarmerie, dit quelqu'un.

— Impossible de téléphoner, dit un autre, les fils sont coupés !

— Les gendarmes sont prévenus, cria au dehors une voix. On y est allé !

De fait, quelques minutes plus tard une camionnette de gendarmerie et deux voitures de police s'arrêtaient devant la banque. Les gendarmes sautaient, se précipitaient. Deux inspecteurs suivaient et les formalités d'enquête commençaient...

Trois heures plus tard, directeur, employés, clients, tout le monde était encore là... Les interrogatoires continuaient et un commissaire de la brigade de Bayonne était arrivé. Dans son bureau, le directeur lui expliquait :

— D'après nos premières estimations, le vol est important, environ 180 millions d'anciens francs, peut-être plus !

— Ils n'ont pas perdu leur temps, dit le commissaire. Vous avez toujours d'aussi fortes sommes en espèce ?

— Non justement. Mais le premier mercredi de chaque mois se tient le marché au bétail. Les transactions sont nombreuses, ce qui entraîne des mouvements de fonds considérables. A mon avis, les gangsters le savaient. (Il se tourna vers Bordet qu'il avait fait alerter d'urgence.) Qu'en pensez-vous, monsieur Bordet ?

— Hélas, dit Bordet en soupirant, je ne peux que confirmer. Les jours de foire, il en est de même dans toutes nos agences. Comme Saint-Jean est le plus gros centre de la région, il est évident que c'est ici qu'il fallait frapper. Les gangsters ont agi à coup sûr et, semble-t-il, avec une parfaite connaissance des lieux.

— En général, dit le commissaire, ce ne sont pas des amateurs. Ils n'opèrent pas à l'aveuglette... Bon, je désire réentendre certains témoins.

152

Il se leva, Bordet fit de même :

— Si je ne vous suis plus utile, messieurs... En tant que représentant de M. Bertrand en France et administrateur de la banque hispano-latine, j'ai un certain nombre de dispositions à prendre...

Le commissaire lui fit signe qu'il pouvait s'en aller.

Dans le hall de la banque, les policiers achevaient d'enregistrer les dépositions.

— Oui, ils ont parlé en espagnol, dit le témoin au moment où le commissaire s'approchait de lui.

— Qu'ont-ils dit ?

— Je ne me souviens pas, mais c'était de l'espagnol.

— C'est peut-être un indice ? (Le policier interrogeait du regard le commissaire qui haussa les épaules.)

A l'autre extrémité du hall, Cécile, à bout de patience, demanda à l'adjudant de gendarmerie :

— Pouvons-nous enfin partir ? Nous avons fait notre déposition et nous n'avons pas que ça à faire !

L'adjudant se dirigea vers le commissaire, lui parla à voix basse en lui désignant Miguel. Le commissaire hocha la tête. L'adjudant revint vers Cécile :

— Vous pouvez partir, madame, mais si ce monsieur veut bien rester. (Il désigna Miguel avec un petit sourire ironique.) Le commissaire souhaiterait lui poser quelques questions complémentaires.

— Mais, dit Cécile interloquée, pourquoi ?...

— Ne vous inquiétez pas, Cécile, coupa Miguel avec calme. Quelques questions complémentaires (il rendit à l'adjudant son sourire ironique), ça n'a rien de tragique, voyons ! Rentrez chez vous. Je passerai tout à l'heure.

Il lui fit un petit signe de la main et alla rejoindre le commissaire.

153

— Bon, dit ce dernier en s'installant à un bureau derrière le comptoir, mettons-nous là, nous ne serons pas plus mal. Je regrette de vous avoir retenu mais je voulais revenir sur quelques détails. (Il ouvrit le procès-verbal du premier interrogatoire.) Voyons, vous avez dit (il se mit à lire) que vous étiez Mexicain, que vous habitiez en France depuis bientôt dix mois et que vous aviez un emploi au domaine d'Haltçaï...

— Ça n'a pas changé depuis tout à l'heure.

Le commissaire releva la tête :

— Bien sûr... Au fait, vous êtes allé en Espagne la semaine dernière ?

— C'est exact.

— Pour quel motif ?

— J'allais voir un ami.

— Si mes renseignements sont bons, vous avez eu quelques ennuis au retour ?

— S'ils avaient été graves, je ne serais pas là.

Le commissaire haussa les sourcils :

— Ah ! vous croyez ? Il nous arrive aussi de faire preuve de quelque subtilité...

Miguel le regarda :

— Vraiment ? Après coup alors, si j'en juge par ce qui vient de se passer ici.

— Bonne réplique, dit le commissaire en riant. Vous tombez bien, j'adore l'humour. Précédemment, vous avez connu quelques difficultés avec les douaniers français et même les gendarmes ? Sans importance, naturellement ?

— Naturellement.

— Et puis ce sont des gens tellement tatillons, n'est-ce pas ?

Miguel lui sourit :

— Puisque vous le dites...

— Et, que fait-il l'ami que vous êtes allé voir ?

— Il travaille dans une banque.

— Tiens, tiens...

— Qui n'a rien à voir avec celle-ci.

— D'accord, mais vous connaissez bien les banques...

— Pas précisément.

— Et ce matin, vous êtes venu pourquoi ?

— J'ai déjà répondu à cette question, j'accompagnai Mlle Dabriès.

— Oui, c'est vrai. Mais vous n'avez pas voulu entrer.

— Il n'y avait pas de raison. Elle en avait pour deux minutes.

— Vous attendiez peut-être quelque chose.

Miguel haussa les épaules. Le commissaire reprit :

— Je m'aperçois que le nom de votre ami espagnol n'est pas mentionné.

— M. Diego Marquès. Il n'est pas Espagnol, il est Mexicain. Vous savez, les douaniers ont déjà vérifié l'autre jour.

— Mieux vaut deux fois qu'une, on ne sait jamais ! (Il regarda Miguel.) Résumons-nous : vous allez en Espagne, par hasard. Trois jours après votre retour, nouveau hasard, des gangsters, vraisemblablement espagnols, réussissent un hold-up. Et vous n'étiez pas là, encore par hasard, juste à ce moment-là ? Vous ne trouvez pas que cela fait beaucoup de hasards ?

Miguel se sentit soudain excédé :

— Mais c'est ridicule, enfin ! Si j'avais été complice, je serais reparti avec les autres, je ne serais pas resté à vous attendre...

Le commissaire se leva :

— Pourquoi pas ? C'est un moyen astucieux de donner le change et vous ne me semblez pas dépourvu d'adresse... Bien, nous allons en rester là pour aujourd'hui mais j'aurais peut-être encore besoin de vous. On ne sait jamais...

Miguel se leva à son tour :

— Je suis libre ?

Le commissaire préféra ne pas relever l'ironie :

— Mais oui, mais oui...

*
*   *

Le cercueil du vieil Amestoy était porté à dos de mulet, comme il l'avait demandé, et le cortège funèbre descendait par les chemins de montagne vers la petite église. A chaque ferme, un nouveau groupe de personnes se joignait aux autres. Il faisait très beau et les touffes de gentianes fleurissaient de bleu les talus des pacages. Quand le glas commença à sonner, les femmes se signèrent. Il y avait, dans ce dernier cheminement du vieil Amestoy, une grandeur dépouillée de tout artifice qui frappait Miguel. Il hésita à le dire à Claire-Marie qui marchait près de lui, à côté de Pascal, mais elle avait un visage si grave qu'il n'osa pas. La veille, elle avait dit, en parlant de la mort du vieil Amestoy : « Oui, j'ai de la peine. » Et la simplicité des mots avait plu à Miguel.

On approchait de l'église, coiffée d'ardoises, blanchie à la chaux, avec groupées autour d'elle, parmi les herbes, les tombes de son cimetière. De nouveaux groupes arrivaient. Miguel aperçut Adrien qui se glissa près de lui, dit à voix basse :

156

— J'ai besoin de te voir tout à l'heure.

Puis il reprit sa place parmi les hommes de chez Ériart, son oncle Mendiboure en tête.

Tout le pays était venu aux obsèques du vieil Amestoy et il semblait qu'un peu de sa sérénité imprégnait ce paysage de pierre et d'herbe où il allait reposer. Miguel se pencha vers Claire-Marie et, cette fois, le lui dit.

Adrien retrouva Miguel après l'enterrement sur la place du village, près de la jeep de Sagardoy.

— Tu ne t'es pas trompé, dit Adrien. Laborde est passé voir mon oncle, il y a un mois environ. D'après ce que j'ai compris, il avait besoin d'argent.

— Il est mal tombé, fit avec un clin d'œil Sagardoy.

— Ton oncle connaît son adresse? demanda Miguel.

— Non, mais il est venu en compagnie d'un certain Garat qui, lui, doit savoir comment le joindre.

— Garat « l'écarteur »? demanda Sagardoy.

— Oui, dit Adrien.

Miguel se tourna vers Sagardoy :

— Tu le connais?

— Je comprends! C'est un vieux copain. On a fait plus d'une virée ensemble et des sévères!

— Où peut-on le rencontrer?

— Mais dimanche, si tu veux. Il y a une course de vaches landaises aux fêtes d'Hasparren. Garat est inscrit au programme. Il suffit d'y aller.

*
* *

Avant de se rendre à Hasparren, Miguel alla chez Cécile.

— Je viens encore vous déranger. Cela ne vous ennuierait pas que je donne un coup de téléphone?

— Pas du tout, voyons! Montez à l'appartement, vous serez plus tranquille.

Il appela Saint-Sébastien :

— Allô! Diego? Comment vas-tu? Pas trop mal... Non, Claire-Marie ne m'a pas cru... Que veux-tu que je fasse? Dis-moi, j'aurais besoin d'autres renseignements... Oui, toujours sur la même affaire... Je voudrais savoir si Gavalda n'a pas effectué le premier versement pour les terrains... Oui, j'ai l'impression qu'il a trouvé l'argent nécessaire... Je t'expliquerai... Tu peux le demander à Ferreiro? Tu me téléphones dès que tu as la réponse... D'accord, si tu peux venir c'est encore mieux...

*
* *

Le dimanche, à Hasparren, c'était la fête. Drapeaux et oriflammes claquaient au vent du sud — le vent chaud porteur d'orages et les gens guettaient le ciel : pourvu que la pluie ne tombe pas avant demain! En attendant, les sabots des vachettes lâchées dans les rues faisaient plutôt lever la poussière et des tourbillons de feuilles grillées! Sagardoy et Miguel étaient attablés avec Garat à la terrasse d'un café.

— Attends ce soir, disait Garat à Sagardoy, tu verras à la course de vaches landaises si j'ai encore de bonnes jambes! (Il fit un clin d'œil à Miguel.) Ça permet de détaler quand l'audace ne réussit pas...

158

— J'avais besoin de voir René Laborde, dit Sagardoy. J'ai peut-être une affaire pour lui.

Garat fit la grimace :

— Il est plutôt dans la dèche en ce moment!

— Il me faudrait quelqu'un qui connaisse un peu les Américains. J'ai pensé à lui. Qu'est-ce qu'il fait depuis qu'il est revenu?

Garat eut une nouvelle moue :

— Pas grand-chose. Il est veilleur de nuit dans la nouvelle usine de produits chimiques, à la sortie de Bayonne, sur la route de Bordeaux.

— Tu sais où il habite?

— Non. Il ne tient pas trop à ce qu'on aille chez lui. A cause de sa femme. Mais tu peux le trouver au café qui est juste avant l'usine, à environ trois cents mètres. Il y passe tous les soirs vers sept heures, sept heures et demie, avant d'aller prendre son travail.

*
* *

Le café était petit, assez minable, presque vide à cette heure qui était pourtant celle de l'apéritif. Par la porte ouverte, à cause du temps orageux, on apercevait les bâtiments gris de l'usine. Les mouches bourdonnaient et le patron, de temps à autre, donnait un coup de serviette assez mou pour tenter de les chasser.

Adrien et Miguel, assis à une table de côté, attendaient René Laborde qui ne devait plus tarder beaucoup. Il était sept heures vingt.

— Regarde, dit Adrien. C'est sans doute lui.

159

Un homme venait d'entrer, maigre, un peu voûté, sans âge. Il se dirigea vers le comptoir, en habitué. Le patron lui désigna la table où Miguel et Adrien étaient assis. L'homme se retourna. Miguel eut l'impression bizarre de l'avoir déjà rencontré quelque part.

— Je vais lui parler seul pour commencer. Ça vaudra mieux, dit Adrien.

Il s'avança vers l'homme et commença à lui parler, puis il le ramena vers leur table.

— Je vous présente mon ami qui est journaliste.

Laborde serra la main de Miguel et s'assit, puis il demanda d'un air méfiant :

— Vous travaillez pour un journal d'ici ?

— Non, dit Miguel. De Paris. Je prépare une série d'articles sur les passages clandestins pendant la guerre. Alors je suis venu dans la région et j'ai rencontré un certain nombre de témoins, le commandant Ériart, Amestoy, Irrigoyen, Joseph Mendiboure. C'est lui qui m'a conseillé de vous voir. Il paraît que vous connaissez bien la question.

Laborde eut une moue désabusée.

— Oh ! je n'ai pas grand-chose de neuf à vous dire. Les passages, vous savez, ça n'avait rien d'extraordinaire, quand on connaît un peu la montagne... En général, c'était sans histoire.

— Il y avait des risques malgré tout. Les Allemands étaient là... (Laborde eut un geste fataliste, Miguel reprit :) Ce qui m'intéresse, c'est la manière dont les opérations étaient préparées. Les contacts qu'il y avait de part et d'autre, les filières. On passait aussi de l'or, des devises...

Pendant que Miguel parlait, un autre client entra dans le café, se fit servir une consommation et se mit à observer le

160

groupe quelques instants, puis il paya et ressortit. Ni Miguel ni Adrien ne lui avaient prêté attention.

Miguel parlait toujours de la Résistance :

— Il y a quand même eu quelques affaires qui sont restées mystérieuses. A l'époque, il valait peut-être mieux ne pas trop en parler mais maintenant on ne risque plus rien. L'affaire Élissalde, par exemple, j'ai entendu plusieurs personnes qui m'ont donné des versions assez contradictoires. Vous le connaissiez, vous, Élissalde ?

Laborde se tenait toujours sur la réserve. C'était visible.

— Pas tellement. C'était un riche. On n'avait pas l'habitude de sortir ensemble.

Même pas de l'ironie, une sorte de remâchage amer des inégalités de la vie.

— Mais, insista Miguel, vous avez bien votre opinion.

— La même que les autres. Rien de plus.

— Ce n'est pas l'avis du vieil Amestoy. Il m'a raconté qu'une nuit, vers 1948, vous aviez dit devant lui que vous en saviez long sur l'affaire Élissalde et qu'il pourrait y avoir des surprises si vous vous mettiez à parler. Vous avez oublié ?

Laborde n'avait pas bronché mais sa voix accusa le coup, plus aiguë soudain, énervée :

— Le père Amestoy, il n'est plus tout jeune. Alors, quand vous l'avez vu, il ne devait plus bien avoir sa tête à lui !

— Il m'a semblé très lucide, pourtant, dit Miguel.

— Alors, il a inventé pour se faire valoir devant un journaliste. (Il regarda Miguel.) On dit que vous autres, journalistes, vous êtes des gens à la coule. Alors, il y a une chose que vous devez comprendre facilement : celui qui a tué Henri Élissalde a ramassé pas mal d'argent. Si je savais quelque chose, je serais pas veilleur de nuit.

— On peut aussi avoir dépensé l'argent.

Laborde se leva :

— Vous avez peut-être du temps à perdre avec ces histoires, pas moi. Il faut que j'aille travailler. Vous m'excuserez.

Il marchait vers la porte.

— Il y a trois jours, dit brusquement Miguel, vous n'étiez pas devant la banque à Saint-Jean-Pied-de-Port, vers onze heures du matin, au volant d'une R 16 ?

Laborde s'était retourné vivement et resta quelques secondes interdit, puis il se toucha le front de l'index :

— Non mais ça va pas ! Qu'est-ce que vous voulez que j'aille faire à Saint-Jean ? A onze heures du matin, dans une R 16, en plus !

Miguel le regardait d'un air tranquille :

— Pourquoi vous défendez-vous autant ? J'y étais bien, moi ?

Laborde haussa les épaules et s'en alla.

— Ben, mon vieux, dit Adrien, il a drôlement accusé le coup ! Il ne doit pas avoir la conscience tranquille !

— Regarde, dit soudain Miguel, là, dehors, qui parle à Laborde, cet homme, tu le reconnais ?

Adrien regarda. L'homme qui était entré précédemment dans le café et avait observé leur groupe, marchait avec Laborde qui faisait de grands gestes. L'homme poussait une petite moto.

— Non, dit Adrien. Je vois pas qui c'est.

— Il était au café, à Saint-Jean, l'autre soir, avec celui qui t'a donné un coup de couteau.

162

— Tu es sûr? fit Adrien.

— Sûr.

*

* *

A mesure que la nuit venait, la chaleur orageuse s'accroissait. De premiers éclairs sillonnèrent le ciel, loin d'abord, vers la mer, puis se rapprochèrent. De premiers coups de tonnerre claquèrent. Dans l'usine de produits chimiques, Laborde faisait sa première ronde, celle d'avant minuit.

Une voiture s'arrêta à proximité de l'usine. Deux hommes en descendirent. Ils escaladèrent le mur d'enceinte.

Laborde revint dans la cabine vitrée destinée au gardien. Il était en nage avec cet orage, cet air visqueux qui collait à la peau. Il s'épongea, ouvrit un journal.

Les deux hommes s'étaient approchés sans bruit derrière lui. L'un des deux sortit un fusil au canon scié qu'il tenait caché sous son imperméable. Il tira à travers la vitre.

Laborde s'effondra, tué sur le coup.

V

Pascal lisait le journal dans la salle commune d'Haltçaï. Miguel entra et Pascal leva les yeux :

— Tu cherches toujours à rencontrer Laborde ?

Miguel le regarda, surpris :

— Oui. Pourquoi ?

— Parce qu'il est mort.

— Comment ?

Pascal montra le journal et se mit à lire :

— Sauvage assassinat à Bayonne. Ce matin, en se rendant sur les lieux de leur travail, un groupe d'ouvriers a découvert le corps du veilleur de nuit de l'usine de produits chimiques Avarco. Le malheureux avait été abattu dans la cabine vitrée où il se tenait entre ses rondes, par une décharge de chevrotine tirée presque à bout portant. Il s'agit de René Laborde, cinquante-cinq ans. Rentré récemment d'un long séjour aux États-Unis, il n'occupait le poste de gardien que depuis quelques semaines. Sa femme, que nous avons pu joindre, nous a déclaré ne rien comprendre à ce qui avait pu se passer. D'après elle, son mari menait une existence paisible et elle ne lui connaissait pas d'ennemis... etc. (Il reposa le journal.) Tu ne t'attendais pas à ça ?

— Sûrement non.

Pascal observa le visage tendu de Miguel.

— C'est grave ?

— Ça pourrait le devenir.

Miguel avait arrêté sa jeep devant un immeuble assez
délabré, dans une rue populeuse de Bayonne, et l'appartement, minable et en désordre, collait à l'image qu'il avait
gardé de Laborde, au débit geignard de sa femme.

— Vous me posez tous les mêmes questions! Comment
voulez-vous que je sache ce qu'il a fait autrefois? Je l'ai
connu qu'après son retour. Et il parlait jamais de son
passé, ni de l'Amérique. Il aimait pas non plus qu'on le
questionne là-dessus. Mais pour les promesses, ça, il était
pas avare! Au début j'y croyais. Il attendait « une bonne
place ». Après, c'était de l'argent qui allait rentrer, beaucoup d'argent! On en a jamais vu la couleur!

Elle avait un visage fatigué, trop maquillé, et un pull-
over taché. Elle reprit avec rancune :

— Ah! si on l'écoutait, il en connaissait des gens importants qui devaient s'occuper de lui, des banquiers même!

— Des banquiers? demanda Miguel. Il n'a jamais dit
leur nom? (Et comme elle secouait la tête, il précisa :) Il
n'a pas parlé de Bertrand? Essayez de vous souvenir.

— Non. Ça ne me dit rien. Une fois il a parlé de
quelqu'un haut placé dans une banque, mais ce n'était pas
ce nom-là. Il prétendait que celui-là serait bien obligé de
l'aider parce que sinon ça pourrait lui coûter cher...

— Ce n'était pas Bordet, par hasard? Julien Bordet?

— Ça se pourrait... (Elle réfléchit.) Bordet... maintenant
que vous le dites, ça me revient.

— Votre mari ne s'est pas absenté la journée de mercredi dernier?

Elle haussa les épaules :

166

— Peut-être, mais j'en sais rien. J'ai dû reprendre mon ancien travail, vu qu'il gagnait rien, alors je pars le matin tôt et je reviens guère avant six heures du soir...

*

*   *

Sur la route qui le ramenait à Haltçaï, Miguel remarqua une 404 noire qui le suivait obstinément. Il l'observa un moment dans le rétroviseur, puis il ralentit. La 404 ralentit également. Il accéléra, l'autre voiture fit de même. A l'entrée d'un village, Miguel s'arrêta brusquement, la 404 aussi. Miguel descendit et alla vers le conducteur :

— Que me voulez-vous ? Depuis le temps que vous me suivez, autant s'expliquer une bonne fois, vous ne croyez pas ?

— En effet, dit le conducteur, ça vaut peut-être mieux. (Il montra une carte de police.) Inspecteur Labeyrie. Si vous voulez bien revenir avec moi jusqu'à Bayonne, le commissaire Bardoux aimerait vous voir.

Miguel retrouva sans surprise le commissaire amateur d'humour qui l'avait interrogé lors du hold-up. Il semblait débordé et ce fut l'inspecteur Labeyrie qui commença l'interrogatoire.

— Qu'avez-vous fait, hier au cours de la soirée ?

— J'étais avec un ami.

— Quel ami ?

— Un garçon du village, Adrien Mendiboure.

— A quel endroit étiez-vous ?

— Nous avons dîné à Bayonne, ensuite nous sommes allés au cinéma.

167

— Quel cinéma ?

— Le Majestic.

— Et après ?

— On a bu un dernier verre et on est rentré à Haltçaï.

— A quelle heure ?

— Vers une heure et demie, deux heures du matin.

— Quelqu'un d'autre pourrait en témoigner ?

— Je ne sais pas. Pascal, le régisseur, a dû entendre. L'oncle de Mendiboure sans doute aussi...

L'inspecteur se leva :

— Très bien. On va vérifier tout ça.

Le commissaire Bardoux entra peu après, jovial :

— Enfin, on va être un peu tranquille pour bavarder ! Depuis ce matin, je n'ai pas arrêté : le hold-up l'autre jour, maintenant le meurtre, tout me retombe sur les bras... Au fait, vous le connaissiez le malheureux Laborde ? Vous ne nous l'avez pas dit ?

— L'inspecteur ne me l'a pas demandé.

— C'est vrai. Quand l'avez-vous vu ?

Miguel eut un léger sourire en regardant le commissaire.

— Hier soir. Le patron du café a bien dû vous en parler.

— Routine élémentaire, dit le commissaire souriant aussi. Et sa femme, vous la connaissez ?

— Je l'ai rencontrée cet après-midi pour la première fois.

— Pourquoi vouliez-vous voir Laborde ?

— Pour lui parler de la Résistance et des passages clandestins pendant la guerre.

— Tiens ! Quelle idée ! Je n'aurais pas pensé à une raison de ce genre...

Il y avait une lueur ironique dans le regard du commissaire Bardoux. Miguel répondit sèchement :

168

— Cette période m'intéresse.

— Selon les déclarations du patron de café, Laborde est parti furieux. Vous vous étiez disputés?

— Il n'aimait pas parler de son passé.

— Et il s'est mis en colère pour des histoires qui remontent à vingt-cinq ans? Ce n'est pas très vraisemblable!

— Il faut croire que si.

— Vous lui avez sûrement dit autre chose?

— Non.

Il y eut un bref silence.

— Et sa femme, reprit le commissaire Bardoux, c'est aussi à propos de la Résistance que vous l'avez rencontrée? Elle devait avoir dix ans à l'époque!

— Son mari aurait pu lui en parler.

— Et il l'avait fait?

— Non. Elle ne sait rien.

Le commissaire prit un air apitoyé :

— Autrement dit, vous avez perdu votre temps!

Un inspecteur entra, jeune, svelte :

— On vous demande au téléphone, patron.

Bardoux se leva en grognant. L'inspecteur resta seul avec Miguel.

— Soyons sérieux, fit-il après un silence, vous rencontrez Laborde vers huit heures du soir. Dans la nuit il est abattu. Je ne sais pas si vous vous rendez compte de la situation dans laquelle vous vous trouvez. Il vaudrait mieux en dire un peu plus, donner les motifs réels.

Il parlait calmement, comme si Miguel avait été un copain qui a besoin de conseil et c'était sympathique. Miguel commençait à être fatigué et il se décida à dire la vérité.

— J'avais appris que Laborde connaissait certains détails sur l'affaire Élissalde.

169

L'inspecteur le regarda avec un étonnement déjà un peu méfiant :

— L'affaire Élissalde ? Qu'est-ce que c'est encore que cette histoire ?

Miguel expliqua posément :

— Je travaille au domaine d'Haltçaï qui appartenait à Henri Élissalde. Il a été assassiné en avril 1944, alors qu'il passait en Espagne. L'argent et les documents qu'il transportait ont été volés. On n'a jamais trouvé d'explications entièrement satisfaisantes. Les avis sont partagés.

Le visage de l'inspecteur se durcissait :

— Il faudra trouver autre chose.

— Pourquoi, cria Miguel avec violence, puisque c'est la vérité ?

L'inspecteur n'avait plus rien du copain sympathique qui tient à vous aider. Son regard était mauvais, sa voix furieuse.

— Écoutez, Mendeguia, vous vous foutez de nous depuis un bon moment, ça suffit comme ça. Je vais vous la dire, moi, la vérité. Vous avez déjà été repéré par les douaniers français, les douaniers espagnols, les gendarmes. Vous êtes soi-disant ouvrier agricole, en réalité vous appartenez à une bande qui opère des deux côtés de la frontière.

Miguel, effondré, réussit à dire :

— Mais c'est ridicule !

— Laissez-moi finir. Vous êtes venu en France depuis dix mois pour préparer le terrain. Oh ! vous avez pris votre temps, vous avez été prudent. Dès qu'un coup sérieux se présente, vous filez en Espagne prévenir vos complices. Trois jours après, hold-up à la banque. Vous êtes là pour surveiller l'opération. Laborde en fait partie. Par la suite, il se montre trop gourmand ou vous avez peur qu'il parle.

Vous le rencontrez pour tenter de le raisonner. Comme il ne veut pas comprendre vous le faites exécuter. Le lendemain, vous allez voir sa femme pour lui faire peur, l'obliger à se taire. Voilà comment les choses se sont passées! Ça se tient, c'est cohérent. Tandis que vos histoires à la noix... Alors, fini de s'amuser. On recommence. Qu'avez-vous dit exactement à Laborde?

*

*   *

— Alors, dit le commissaire Bardoux en voyant l'inspecteur entrer dans son bureau. Du nouveau?

L'inspecteur secoua la tête :

— Non. Depuis deux heures, il raconte toujours la même chose. Il est trop malin pour se couper, mais ça ne tient pas debout son histoire!

— En tout cas, dit l'inspecteur Labeyrie qui venait d'arriver, son alibi, lui, tient le coup. J'ai vérifié point par point. Tout est vrai. L'ouvreuse du cinéma l'a reconnu, le garçon de café aussi. Le régisseur d'Haltçaï a entendu la voiture vers deux heures du matin. Quant à Adrien Mendiboure, les gendarmes de Saint-Jean l'ont interrogé. Il donne la même version.

— Ça ne prouve rien, dit le commissaire. Ils sont peut-être de mèche.

— Tu penses bien, renchérit le premier inspecteur, qu'il a dû le préparer soigneusement son alibi. C'est pas un nouveau-né... (Il se tourna vers le commissaire.) Qu'est-ce qu'on fait, patron?

Le commissaire eut un geste d'impuissance :

171

— Nous n'avons pas de preuves — enfin, pas pour le moment. Si on l'inculpe, il continuera à répéter sa version. Les avocats s'en mêleront... et nous, on passera pour des rigolos... On va le laisser partir.

L'inspecteur protesta :

— Mais enfin...

Le commissaire le coupa d'un geste :

— Une minute. On le laisse partir et on le file. Il finira bien par nous mener à sa bande ou par faire un faux pas et là... (du tranchant de la main, il abattit l'air).

*
*   *

Cécile aperçut Bordet trop tard pour changer de trottoir. Car elle l'eût fait tant le personnage la dégoûtait. Elle s'apprêtait à passer sans marquer en tout cas par aucun signe qu'elle le connaissait ! A sa surprise, ce fut Bordet qui l'arrêta. Un Bordet plus patelin que jamais, plus bonhomme :

— Bonjour, ma chère Cécile, je désirais vous voir depuis longtemps.

— Pour me proposer de prolonger les traites que j'ai déjà payées, sans doute ?

Il eut un air de reproche :

— Voyons, Cécile. Je vous avais proposé de vous prêter l'argent. Vous avez préféré accepter celui d'un autre. Tant pis pour moi !

Elle le regardait avec dégoût :

— Ça vous ennuie que j'aie pu m'arranger sans vous !

— Vous arranger ? (Il eut un petit pli de bouche.) Ce

172

n'est pas si sûr. Il est parfois dangereux d'accepter une pareille somme d'un inconnu. Quelqu'un dont on ne sait rien, même pas d'où il tire son argent... Enfin, vous, vous savez peut-être? Les jolies femmes attirent souvent les confidences.

— Que cherchez-vous encore à insinuer?

— Ne vous fâchez pas, fit Bordet conciliant. J'essaye seulement de vous faire comprendre que vous risquez d'être compromise.

— Expliquez-vous plus clairement!

— Votre ami était devant la banque le jour du hold-up.

— Évidemment! C'est moi qu'il attendait!

— Je sais. Malheureusement les policiers ne sont pas entièrement convaincus. Ils le considèrent malgré tout comme suspect.

Ce regard sournois, cette voix cauteleuse. Cécile faillit le planter là sur le trottoir. Elle se retint, à cause de Miguel. Elle voulait savoir s'il courait un danger. Par sa faute à elle. S'il ne l'avait pas accompagnée devant cette banque...

— S'il suffisait d'être présent pour être suspect, je le suis aussi, dit-elle sèchement.

Bordet eut un petit rire :

— Mais ce n'est pas comparable, voyons! Mendeguia n'a pas très bonne réputation et son comportement est plutôt... étrange. On ignore pourquoi il est venu ici, ce qu'il cherche. Il se déplace beaucoup, même en Espagne. Mettez-vous à la place des enquêteurs...

— Il n'a absolument rien à se reprocher, fit avec violence Cécile. Je suis sûre de son honnêteté.

— Je veux bien admettre que son attitude s'explique tout à fait normalement quand on en connaît les motifs. Encore faut-il les connaître...

— Où voulez-vous en venir?

— Ma chère Cécile, si vous savez quelque chose sur Mendeguia qui puisse le justifier, je vous conseille de le dire dans votre intérêt et dans le sien. Sans quoi, par la suite, on risquerait de vous considérer comme complice.

Et sans attendre la réponse de Cécile, il lui fit un petit salut et la quitta. Elle était sidérée et furieuse : ce n'était pas dans la banque que ce Bordet eût dû entrer mais dans la police!

*

*   *

De la fenêtre du bureau, on apercevait une suite de pelouses qui descendaient en pente vers la mer, un bouquet d'arbres, une corbeille d'hortensias bleus. Un parc luxueux — peut-être un peu trop. A l'image du bureau où se tenait le banquier Bertrand, dans sa propriété de Biarritz, symbole de sa réussite, un lieu pour lui privilégié, où toujours il se détendait. Pas ce matin.

Son visage était crispé, sa voix sèche pour accueillir Bordet qui avait pris l'air non plus bonhomme mais humble.

— Je suis venu aussi vite que j'ai pu...

— Moi aussi. Vous devinez pourquoi. Qu'est-ce qui vous a pris d'aller nous coller sur le dos le meurtre de Laborde? Vous croyez que nous avions besoin d'une nouvelle enquête de police?

Bordet tenta de se défendre :

— Je n'y suis pour rien. J'ai bien essayé de les en empêcher. Ils n'ont rien voulu entendre. Ils avaient peur qu'il parle. Je n'ai pas votre autorité, moi!

174

Il y avait de l'aigreur dans la dernière phrase. Bertrand toisa Bordet :

— Je m'en rends compte ! C'est de Mendeguia que vient le danger. Que cherche-t-il ? Que sait-il du hold-up ?

— C'est difficile à dire. Sa présence devant la banque était peut-être une coïncidence...

Bertrand se mit en colère :

— Et son enquête sur la Someva ? Sa visite à Laborde, coïncidences là aussi ? Vous vieillissez, Bordet ! Décidément il est grand temps que je reprenne les choses en main... Je vais m'en occuper mais vous allez vous y mettre aussi, vous connaissez suffisamment de gens dans la région, faites-les parler, menacez-les s'il le faut... je veux des éléments précis sur Mendeguia, pas des suppositions...

Dans sa chambre d'hôtel de Saint-Jean-Pied-de-Port, Diego attendait Miguel qu'il avait fait prévenir de son arrivée. Il était soucieux. Cette affaire de la Someva était bizarre et il se demandait jusqu'où risquait d'être entraîné son ami. Comment avait-il su que le premier versement pour l'achat des terrains avait été effectué par la Someva, quarante-huit heures auparavant ?

Ce fut la première question qu'il posa à Miguel.

— La réponse est simple : la succursale de la banque hispano-latine de Saint-Jean-Pied-de-Port a été attaquée mercredi dernier. Cent quatre-vingts à deux cents millions ont été raflés en six minutes.

Diego eut un petit sifflement :

— Diable !

— Les gangsters étaient parfaitement renseignés à tous les points de vue. Bordet, le représentant de Bertrand en

France, réside à Saint-Jean. Il connaît très bien les lieux. Il a un bureau sur place.

— De plus en plus intéressant...

— J'ai bien l'impression que l'argent n'a pas changé de main. L'assurance couvre le vol... L'ennui, c'est que c'est moi que la police soupçonne.

— Toi? fit Diego stupéfait. Et pourquoi?

— Je me trouvais devant la banque au moment du hold-up et je n'ai aucune preuve contre Bertrand. Remarque contre moi non plus il n'y a pas de preuves...

— Oui, fit Diego sceptique, mais tu n'es pas banquier, tu n'es pas riche, tu es un étranger sans relations. Tu sais ce que tu risques?

— Je le sais, dit Miguel avec violence. Je risque l'extradition, peut-être même d'être inculpé. Mais tant pis! Il faut que je trouve!

Bordet arrêta sa voiture dans la cour de la ferme et en descendit. Joseph Mendiboure, debout sur le pas de la porte à regarder qui arrivait, se précipita avec un large sourire :

— Monsieur Bordet! Si je m'attendais à vous voir... Il y a bien longtemps que vous n'êtes pas venu. Ce n'est pas comme autrefois...

— Je n'ai plus le temps, dit Bordet avec un soupir. Les affaires... les voyages... mais vous savez que mon bureau est toujours ouvert pour les vieux amis... s'ils ont besoin d'un conseil...

— Ne restons pas là. Entrez, monsieur Bordet.

La cuisine était sombre, la fumée de la cheminée avait noirci la chaux des murs. Il n'y avait ni évier ni eau courante mais, posées sur un banc, couvertes d'un torchon, des « herrades » pleines. Une louche de bois pendait à côté.

Bordet les regarda :

— Au moins, vous, Joseph, vous ne vous ruinez pas à vouloir tout changer comme ces imbéciles...

Mendiboure eut un sourire matois :

— On ne peut pas dépenser et placer son argent en même temps... A propos de placement ; vous avez du nouveau pour l'attaque de votre banque ?

— Oui et non. C'est un peu pour ça que je voulais vous voir. (Et comme Mendiboure lui lançait un regard inquiet, il précisa :) La police soupçonne quelqu'un que vous connaissez, le dénommé Mendeguia.

— Ah ! s'exclama Mendiboure, je l'avais prédit qu'il finirait par faire un mauvais coup, celui-là !

— Il est surtout trop curieux, dit lentement Bordet, et je n'aime pas les gens curieux. Il est là à vouloir mettre son nez partout, il interroge, paraît-il, les uns, les autres sur la Résistance, les passages pendant la guerre et pas que les passages... les à-côtés aussi. Il y a des choses qui ne gagnent pas à être connues des étrangers. Vous êtes bien de mon avis.

— Certainement, fit avec inquiétude Mendiboure.

— Vous saviez qu'il avait rencontré ce pauvre Laborde, la veille de sa mort ?

— Pas possible ?

Mendiboure était de plus en plus inquiet.

— Si, dit Bordet, et il n'était pas seul. Votre neveu Adrien l'accompagnait.

Mendiboure devint blanc et bégayant presque de rage :

— Adrien ! Je lui avais pourtant interdit de le fréquenter. Je vous garantis qu'il va le sentir passer, je vais le dresser ce feignant, ce bon à rien...

— Non, dit Bordet d'une voix doucereuse, mais non, au contraire. Par Adrien, un fin renard comme vous peut apprendre beaucoup de choses sur ce Mendeguia. Dans votre intérêt comme dans le mien, il vaudrait mieux être fixé rapidement sur ce qu'il est venu faire ici, sur ce qu'il cherche; après nous aviserons...

Miguel venait de rentrer à Haltçaï et il dételait la remorque accrochée à la jeep lorsqu'il vit Florence Bertrand entrer dans le garage.

Il avait remarqué la Mercedes de Bertrand dans la cour et salua la jeune femme d'un bref signe de tête. Elle répondit par un sourire, s'avança vivement, posa un billet sur le capot de la jeep, fit signe à Miguel de se taire et repartit.

Sur le billet, elle avait écrit : « Venez demain à onze heures au chalet, dans la forêt d'Iraty, j'ai besoin de vous voir. »

Miguel resta un moment immobile, le billet à la main, puis il le mit dans sa poche et sortit du garage en sifflant.

Dans la cour, les Bertrand prenaient congé de Claire-Marie et Miguel préféra gagner le jardin par une des étables pour éviter de les rencontrer. Que pouvait bien encore manigancer Bertrand ? Et sa femme ? L'un avec l'autre ou contre l'autre ?

Il marchait au hasard dans les allées, réfléchissant, essayant de comprendre. Claire-Marie fut près de lui sans qu'il l'ait entendue venir.

— Alors, dit-elle d'un petit ton moqueur, ces fameuses actions de la Someva qui, d'après vous, n'existaient pas, comment expliquez-vous que Bertrand vienne à l'instant de me les apporter ? Cela vous étonne, monsieur le justicier ?

— Certainement pas. Le premier versement pour l'achat

178

des terrains a été effectué il y a deux jours très exactement. M. Bertrand vous a-t-il expliqué les raisons de ce retard quelque peu étrange?

— Je ne lui ai pas posé la question.

— Vous avez eu tort. Ça ne vous paraît pas étonnant cet argent qui arrive au bon moment, comme par miracle?

— Je n'ai pas vos talents de détective!

Sa voix était de plus en plus sèche.

— En effet, dit Miguel sans paraître le remarquer, je ne crois pas aux prodiges. J'ai mon idée sur la provenance des fonds. On prend d'un côté ce qui manque de l'autre, quitte à se livrer à des manipulations un peu risquées...

Claire-Marie eut un geste de colère :

— Imaginez ce que vous voudrez, pour ma part je m'en tiens aux réalités!

Miguel eut un sourire narquois :

— Et la réalité veut que les actions aient augmenté? N'est-ce pas? De combien? Dix, vingt pour cent? Et on vous a proposé d'augmenter d'autant votre participation? C'est bien ça?

Claire-Marie fit un mouvement brusque, Miguel reprit avec le même sourire :

— Non, je n'écoute pas aux portes! C'est simplement une déduction logique, je dirai même enfantine!

— Mais enfin de quoi vous... (Elle se reprit et retrouvant son ton moqueur du début :) Décidément, vous me surprendrez toujours. (Elle le regarda avec une certaine insolence.) Vous prétendez n'être qu'un simple employé de ferme et vous avez des connaissances pour le moins inattendues. Votre attitude m'intrigue, je l'avoue... (Et comme Miguel se taisait, elle changea une nouvelle fois de ton, son visage s'était adouci et il y avait une amertume inhabituelle dans sa voix.) Pourquoi restez-vous ici à faire un travail qui n'est manifestement pas à votre niveau? Pourquoi refusez-vous de parler de votre passé? Vous n'avez donc confiance en personne?

Une tristesse soudaine passa dans les yeux de Miguel et aussi une tendresse. Il répéta la phrase qu'il avait déjà dite, un autre soir :

— Je ne suis qu'un étranger et ce qui est inconnu semble toujours insolite.

Puis il s'en alla.

*
* *

Adrien poussa la porte de la cuisine et son oncle Mendiboure, assis à table, en train de manger du pain et du fromage, l'interpella d'un ton bourru :

— Alors, grand imbécile! On fait des bêtises et on ne me dit rien de peur de se faire engueuler? Il faut que ce soient les gendarmes qui m'apprennent que ton ami Miguel et toi vous vous êtes mis en mauvaise posture dans l'affaire Laborde! Tu ne pouvais pas m'en parler? J'aurais pu te donner un conseil, moi, et même maintenant, je ne demande pas mieux...

— On a rien à se reprocher, grogna Adrien.

— Eh! je le sais bien que tu n'es pas un assassin! Mais aussi quelle idée vous avez eue d'aller voir ce pauvre malheureux juste la veille qu'on le tue!

— Miguel l'a expliqué aux gendarmes, il voulait rencontrer Laborde, comme d'autres, pour des histoires de la guerre, la Résistance, les passages...

180

— Ouais, fit Mendiboure d'un air sceptique, tu es sûr qu'il n'est pas en train de te mener en bateau, ton ami?

— Sûr, dit avec véhémence Adrien. J'étais là quand ils ont discuté ensemble. Ils ont même parlé de l'affaire Élissalde. Laborde savait quelque chose...

— Bon, dit Mendiboure en dissimulant l'intérêt qu'il prenait à cette révélation, admettons. Il n'empêche que dans l'attaque de la banque, il était là aussi Mendeguia, il attendait devant la porte, peut-être bien à faire le guet...

— Lui? s'écria Adrien, mais il était là par hasard!

— Par hasard, par hasard... c'est vite dit...

— Je t'assure qu'il n'y est pour rien. Ce sont des copains à Laborde qui ont fait le coup.

Mendiboure en demeura abasourdi :

— Des copains à Laborde?

— Parfaitement! Miguel l'a vu le jour du hold-up. Il les attendait au volant d'une R 16, ils sont repartis avec lui...

— Mais ça change tout, c'est presque une preuve. On doit pouvoir en tirer parti.

Il termina en hâte son pain et son fromage. Il convenait de prévenir Bordet. Et vite!

VI

— Je suis navré, inspecteur, dit le commandant Ériart en entrant dans le salon. On me dit que vous m'attendez depuis deux heures. J'étais allé à Pau. Que puis-je pour vous? Mais d'abord, je vous en prie, asseyez-vous.

L'inspecteur Labeyrie remercia d'un signe de tête et s'assit.

— Je m'excuse de venir vous déranger, mon commandant, mais je suis chargé d'enquêter au sujet du meurtre de Laborde, le veilleur de nuit qui a été assassiné lundi dernier.

— Ah! oui, j'ai vu ça dans le journal. Vous avez une piste?

— Pas exactement, mais une des dernières personnes à l'avoir vu vivant habite votre commune et je tenais à connaître votre opinion à son sujet. Il s'agit du nommé Miguel Mendeguia qui travaille à Haltçaï.

Le commandant Ériart avait eu un léger sursaut.

— Je ne sais pas grand-chose sur lui et pour cause! mis à part ses exploits automobiles! A vrai dire, il ne m'a jamais inspiré confiance. D'ailleurs tout porte à croire qu'il a séjourné en fraude pendant un certain temps mais on n'a jamais pu le prouver.

Labeyrie hocha la tête :

— Nous sommes au courant. Nous le soupçonnons d'appartenir à une bande de malfaiteurs internationaux qui serait à l'origine non seulement du meurtre de Laborde mais également du hold-up de la banque de Saint-Jean-Pied-de-Port. Seulement, nous aussi, nous n'avons que des présomptions. Et il est coriace ! Quand on l'interroge sur les motifs de sa visite à Laborde, il répond toujours la même chose, qu'il s'intéresse aux histoires de guerre et de Résistance, notamment à l'affaire Élissalde.

Ériart eut un sursaut indigné :

— Je me demande en quoi un individu de ce genre viendrait se mêler...

— C'est bien ce qui nous intrigue, coupa l'inspecteur Labeyrie. Vous, mon commandant, vous avez, je crois, suivi cette affaire de très près. Vous ne verriez pas une raison particulière ?

— Non, fit Ériart d'un ton tranchant, il n'y a aucune raison pour que l'affaire Élissalde puisse intéresser en quoi que ce soit un étranger. Je peux vous certifier qu'elle n'a jamais caché aucun mystère, aucun ! Un homme a été assassiné dans des conditions particulièrement révoltantes. Son meurtrier a été retrouvé et châtié. Il n'y a rien d'autre à ajouter. A mon avis, Mendeguia se moque de vous et le prétexte qu'il donne est parfaitement invraisemblable.

Lorsque l'inspecteur fut parti, Ériart n'hésita pas une seconde et, malgré l'heure tardive, se rendit à Haltçaï.

Claire-Marie lisait dans le salon et en voyant entrer Ériart elle s'inquiéta :

— Que se passe-t-il ? Rien de grave, j'espère ?

— Si justement. Je suis désolé de vous déranger à pareille heure, mais je suis réellement très inquiet. Je viens de recevoir la visite de l'inspecteur chargé de l'enquête sur l'assassinat de Laborde et voici ce qu'il m'a dit...

184

Il rapporta à Claire-Marie l'entretien qu'il venait d'avoir avec Labeyrie.

Elle l'écouta en silence, puis elle dit :

— Tout cela est absurde, voyons !

Ériart commençait à perdre patience :

— Absurde ! Pardonnez ma franchise, une fois de plus, mais c'est votre entêtement qui l'est. Pourquoi refuser d'admettre que vous hébergez chez vous un individu dangereux, capable de tout ?

— Il ne s'agit que de soupçons, vous venez de le dire. Rien de plus.

— Ma chère amie, fit Ériart en s'efforçant au calme, je n'ai sûrement pas votre intuition mais j'ai en revanche une certaine connaissance des hommes que, vous, vous n'avez pas. Je suis persuadé que vous êtes en danger. Partez d'Haltçaï pendant quelques jours, le temps au moins que la police finisse son enquête. Sait-on de quoi est capable un individu aux abois ?

— Il me semble que vous dramatisez beaucoup. D'ailleurs je ne suis pas seule, ici. Il y a Pascal, les autres domestiques. Et pourquoi voulez-vous que Mendeguia s'attaque à moi ? Il n'y a aucun motif. Enfin, si cela peut vous rassurer dans l'immédiat, il est absent pour la nuit. Pascal m'en a avertie tout à l'heure.

Ériart ne put cette fois retenir sa colère :

— Ainsi, il s'absente la nuit, comme ça, sans raison, et vous ne trouvez pas cela étrange ?

— Je trouve que sa conduite ne me regarde pas. Il est libre.

Ériart la regarda et secoua la tête :

— Décidément, Claire-Marie, je ne vous comprendrai jamais.

Claire-Marie lui sourit et posa sa main sur son bras.

— Je suis sensible à l'amitié dont témoigne votre visite et je vous promets qu'à la moindre alerte, je vous appelle.

Elle le raccompagna jusqu'à sa voiture, puis elle resta un moment dans la cour. Il faisait une très belle nuit de fin d'été, sans lune, et la voie lactée projetait son halo lumineux parmi les autres étoiles. Claire-Marie songeait à Miguel. Elle ne s'inquiétait pas outre mesure des accusations d'Ériart. C'était trop absurde, elle l'avait dit et le pensait. Ce qui la rendait songeuse, un peu triste, c'est que Miguel ne fût pas là sans qu'elle sache où il était. Mais après tout, il était libre. Cela aussi elle l'avait dit... sans le penser.

Diego et Miguel se retrouvèrent à Saint-Jean-Pied-de-Port, à la tombée de la nuit, dans la chambre d'hôtel de Diego.

Il demanda avec un peu de moquerie :

— Alors, ce mystérieux rendez-vous avec Florence Bertrand, dans la forêt d'Iraty, s'est bien passé ?

— Oui, dit Miguel. C'était un rendez-vous d'affaires.

— D'affaires ?

— Exactement. Elle a besoin de certains documents pour obliger son mari à divorcer, parce qu'elle veut divorcer et pas lui. D'autre part, elle a su que j'avais enquêté sur la Someva à Saint-Sébastien. Elle en déduit que je cherche moi aussi des documents contre Bertrand. Alors, elle me propose un marché. Son mari est parti pour quarante-huit heures à Paris. Il y a des documents dans le coffre de leur villa de Biarritz. Si j'accepte de l'aider à les prendre, on partage.

— Parce qu'elle ne peut pas les prendre toute seule ?

Miguel eut un petit sourire :

186

— Eh! non. Elle a peur de Bertrand. Ça peut se comprendre.

Diego eut un claquement de doigts agacé :

— Et tu crois cette histoire ? Tu as l'intention d'aller à ce rendez-vous ?

Miguel regarda sa montre :

— Dans deux heures, j'y serai.

— Tu es fou, complètement fou ! C'est un piège, ça saute aux yeux !

— Et quand bien même ! Ai-je le choix ? C'est ma dernière chance d'obtenir des éléments nouveaux. Je ne peux pas la laisser passer. Mais ne t'inquiète pas, j'ai pris mes précautions. J'ai vérifié le départ de Bertrand. Il est effectivement parti en début d'après-midi par le Sud-Express, il avait une place louée pour Paris. Adrien l'a vu monter dans le wagon, Bordet l'accompagnait et est redescendu seul.

— Admettons, fit Diego sceptique. Mais après ? Quand tu seras dans cette villa, en pleine nuit, à la merci de...

— Ne t'inquiète donc pas, coupa Miguel d'un ton tranquille, puisque je te dis que j'ai pris mes précautions ! (Il se leva.) Je vais maintenant chez Cécile lui emprunter sa voiture. Tu vois que je ne néglige rien ! Ça te rassure ?

Diego fit la moue :

— Je ne serai rassuré que demain matin !

Cécile vint ouvrir elle-même la porte et, en apercevant Miguel, s'écria :

— C'est trop bête, vous venez de manquer Hélène à cinq minutes. Elle sort d'ici et justement elle a très envie de vous connaître ! (Tout en parlant, elle le précédait dans l'escalier, arrivée sur le palier elle se retourna, dit en riant :) Vous devriez la voir quand elle contrefait Bordet, c'est impayable, tout y est, la voix, les gestes, le dos voûté...

— Elle le connaît si bien?

— Plutôt! Ils ont débuté en même temps, pendant la guerre, vers quarante-deux, quarante-trois. Elle était secrétaire de Bertrand en Espagne.

— Alors elle a dû également rencontrer Henri Élissalde? J'aimerais lui en parler. Vous pensez que ce serait possible?

— Je ne sais pas, dit Cécile avec hésitation. Elle n'aime pas parler de cette période de sa vie. J'ignore pourquoi. Mais enfin vous pourrez toujours essayer quand vous la verrez. Je vais organiser quelque chose, un soir, ici, pour que vous la rencontriez.

— Merci. Je venais vous demander un autre service : pourriez-vous me prêter votre voiture pendant quelques heures? Ma jeep attire trop l'attention et ce soir je préférerais ne pas être repéré. Je l'ai laissée exprès devant le magasin. En sortant par le jardin et en prenant la vôtre, je dépisterai les gens trop curieux.

Il y eut un instant de silence. Cécile regardait Miguel avec inquiétude. Elle dit enfin, avec une gravité inaccoutumée :

— Soyez prudent, Miguel. Pas pour ma voiture, je m'en moque, mais pour vous. Cette fois j'ai l'impression que vous vous êtes attaqué à des adversaires qui ne reculeront pas...

— Moi non plus, dit-il avec un sourire, vous le savez bien.

Elle commença :

— Si Laurent peut vous aider...

— Pas tout de suite mais après, oui, peut-être... Merci d'y avoir pensé.

Il prit les clefs de la voiture et elle resta à écouter dans la nuit le bruit du moteur qui démarrait, accélérait, s'éloignait. Elle revoyait le sourire venimeux de Bordet et elle avait peur pour Miguel, mais elle n'osait pas prévenir Laurent. Bertrand était son oncle, qu'on le veuille ou non...

Miguel arrêta la voiture de Cécile à proximité de la propriété des Bertrand. Il franchit la clôture et observa un long moment la maison. Elle se détachait, blanche sur fond noir d'arbres, car il faisait une très belle nuit de fin d'été, sans lune mais avec des quantités d'étoiles. On voyait même très bien la voie lactée. Tout était immobile dans le parc, la maison semblait vide et l'on n'entendait que le bruit de ressac de la mer toute proche.

Florence lui avait donné des instructions précises qu'il préféra ne pas suivre. Il monta sur la terrasse, essaya plusieurs portes, fermées. Il aperçut une lucarne restée ouverte, escalada, pour l'atteindre, le toit d'une des dépendances et pénétra ainsi dans une chambre de service. Vide. Il redescendit au rez-de-chaussée. Un rai de lumière filtrait sous une porte. Il l'entrouvrit avec précaution.

Florence Gavalda se retourna. Elle tenait un revolver et le braquait sur Miguel. En le reconnaissant, elle abaissa son arme :

— Vous m'avez fait peur. Je vous avais dit d'entrer par ici! (Elle désignait la porte-fenêtre.)

— J'ai préféré prendre un autre chemin.

— Vous n'avez toujours pas confiance?

— Un reste de prudence...

Florence haussa les épaules :

— Venez. Le coffre est à côté, dans le bureau.

— Bertrand vous a donné la combinaison?

Elle eut un geste agacé :

— Cessez donc de me soupçonner! C'est lassant! La combinaison, je me suis arrangée pour la connaître sans qu'il s'en doute. Ce n'était pas bien difficile.

Elle déplaça un rayonnage tournant qui découvrit un petit coffre mural à combinaison. Elle commença à manipuler la serrure. Miguel la regardait.

Et soudain la voix de Bertrand :

— Les mains en l'air!

Il venait de faire irruption dans la pièce avec Bordet à qui il ordonna :

— Vous, fouillez-le!

Bordet s'approcha et commença à fouiller Miguel. Son arme qu'il tenait toujours à la main le gênait et il se tenait très près de Miguel.

— Mauvaise surprise, hein, ironisa Bertrand. Vous ne m'attendiez pas! Il suffisait pourtant de descendre du train à Dax où m'attendait mon bon ami Bordet. Enfantin, mon cher, enfantin. Vous voir tomber dans ce piège me déçoit...

Bordet achevait la fouille. Miguel d'un brusque coup d'épaule parvint à le déséquilibrer et à lui faire lâcher son revolver. Les deux hommes roulèrent à terre et se mirent à se battre. Au moment où Miguel allait avoir le dessus, Bertrand qui observait la lutte sans rien dire, un sourire moqueur aux lèvres, assomma Miguel d'un coup de crosse.

— Du calme, monsieur Mendeguia, du calme. (Et à Bordet qui se relevait péniblement, il dit sur un ton d'ironie froide :) J'espère qu'il ne vous a pas fait mal au moins?

*

* *

Miguel était attaché sur une chaise. Bertrand le regardait d'un air ironique :

— Alors, monsieur Mendeguia, elle vous intéresse tant que ça l'affaire Élissalde ? Parce que la Someva (il eut un geste désinvolte) ce n'était qu'une péripétie, n'est-ce pas ? Mais l'affaire Élissalde... Vous n'êtes pas le premier, vous savez, qui cherche à démêler les fils. Personne n'y est parvenu.

— Laborde en connaissait long, dit Bordet, et il a peut-être parlé...

— Peut-être, dit Bertrand avec le même détachement ironique, mais il est mort et vous aussi vous allez disparaître, monsieur Mendeguia. Vous avez eu tort, voyez-vous, de vous attaquer à moi. Depuis bientôt trente ans, je lutte par tous les moyens pour arriver à ce que je veux. Depuis trente ans, je me heurte à des adversaires qui veulent m'abattre. J'ai toujours gagné. Parce que je ne me laisse pas impressionner et que je n'ai jamais reculé devant rien. Vous auriez dû vous en rendre compte. Maintenant la plaisanterie est terminée. Bordet, bâillonnez-le !

— Vous n'allez tout de même pas le tuer ici ?

— Chez moi, oui, et le plus naturellement du monde. Avec un fusil de chasse, ce sera plus plausible qu'un revolver. J'aurais surpris un cambrioleur sur qui j'aurai tiré après avoir fait les sommations d'usage. Il ne me restera plus qu'à simuler les traces d'effraction et je préviendrai la police. Ce n'est pas plus compliqué que ça. Qui mettra ma parole en doute ?

Bordet eut un regard admiratif pour Bertrand :

— Je reconnais que c'est ingénieux.

— Il ne nous reste plus qu'à mettre au point notre mise en scène. Aidez-moi à le transporter à l'endroit qu'il faut.

Ils portèrent la chaise dans un angle, près de la porte-fenêtre, Bertrand se recula pour juger de l'effet :

— Je crois que là ça va. (Il marcha vers la porte.) Je me tiens sur le seuil, je tire. Il suffira ensuite de le détacher pour qu'il tombe en avant. (Il appela.) Florence !

La jeune femme parut et eut à l'adresse de Miguel un sourire méprisant.

— Florence, reprit Bertrand, va chercher le fusil qui se trouve dans le billard. Bordet, tirez la chaise un peu plus près de la fenêtre, encore un peu. Là, voilà, ce sera parfait.

Florence apparut sur le seuil. Elle tenait le fusil de chasse. Une ombre se profila soudain derrière elle, la silhouette d'un homme armé d'une carabine qu'il pointait dans le dos de Florence. Il avait le visage masqué d'un foulard.

— Les mains en l'air, dit-il à Bertrand et à Bordet qui le regardaient stupéfaits. Vous, posez le fusil sur le bureau et détachez-le !

Florence commença à détacher Miguel. Lorsqu'il fut libéré, il se leva, fit jouer ses muscles endoloris, sourit à Florence :

— Vous ne mentez pas mal mais tout de même, un rien... Dommage, n'est-ce pas ? (Il se tourna vers l'homme.) Tu peux enlever ton foulard, ils savent qui nous sommes. Vous connaissez sans doute Adrien Mendiboure ?

Adrien mit rapidement le foulard dans sa poche. Miguel s'approcha de Bordet, le ficela à son tour sur la chaise :

— En voilà un qui nous laissera tranquilles. (Il ordonna à Bertrand :) Ouvrez le coffre.

Florence eut un sourire que Miguel remarqua :

— Simple vérification. Je me doute bien qu'il est vide !

192

De fait, il ne contenait rien.

— Bon, dit Miguel. Florence, je vous accorde un fauteuil; vous, Bertrand, l'autre chaise. Adrien, attache-la.

En passant de Bordet à Bertrand, Adrien s'accrocha légèrement à un chambranle de porte, tira pour se dégager et ne remarqua pas que le foulard glissait de sa poche. Mais Florence le vit et, profitant d'une seconde d'inattention de Miguel, s'empara du foulard qu'elle glissa sous le coussin du fauteuil.

Adrien attacha Florence. Il était un peu gêné et n'osait pas trop serrer les liens. Pendant ce temps, Miguel arracha les fils du téléphone, sortit de sa ceinture les deux revolvers pris à Bertrand et à Bordet, enleva les chargeurs et les posa sur la table. Puis il jeta un regard circulaire sur la pièce. Attachés et bâillonnés, les trois personnages figuraient assez bien quelque pièce de guignol. Miguel eut un petit rire :

— Bonne nuit, Florence. Bonne nuit, messieurs.

Adrien coupa le contact en arrivant à proximité de la ferme de son oncle et entra en roue libre dans la cour. Il prit la clef cachée dans une anfractuosité du mur et, ouvrant la serrure, entra avec précaution.

Mais Joseph Mendiboure avait l'oreille fine et alluma brusquement la lumière en bas de l'escalier.

— Tu croyais que je n'entendrais pas, hein? fit-il furieux. C'est une heure pour rentrer, dis? Où étais-tu encore? A courir avec ce Miguel! Ça finira mal, je te le garantis! Tu viens me demander de te sortir du pétrin et tu recommences aussitôt. Mais ça va changer et il va falloir m'écouter, sans ça, gare! D'abord, je te défends de revoir ce voyou, tu m'entends?

— Je suis majeur, non ? Et je t'ai rien demandé. Alors tes conseils, tu peux les garder !

— Tu oses parler à ton oncle sur ce ton ! C'est un comble. Moi qui t'ai élevé...

— Ça va, coupa insolemment Adrien, je connais le couplet ! Tu crois que je n'ai pas compris tes manigances, tu me prends pour un idiot ou quoi ? Tu m'as bien eu l'autre jour et il n'y a pas que ça...

— Comment je t'ai eu ? (La voix de Mendiboure vacillait soudain.) Qu'est-ce que tu vas encore imaginer, pauvre imbécile ! J'aime mieux aller me coucher, tiens !

Il rentra dans sa chambre dont il claqua avec colère la porte. Adrien eut un petit sourire et commença à monter l'escalier.

Claire-Marie ne parvenait pas à lire et hésitait à aller se coucher. Pour ne pas dormir ? Se tourner et se retourner jusqu'à l'aube en se posant les mêmes questions ? Guetter un bruit de voiture dans le calme de la nuit et ne rien entendre que le crissement monocorde des grillons dans les herbes ou le coassement des reinettes dans les prés proches du gave ? Elle n'en avait pas le courage. Elle attendait, assise dans le salon, le livre ouvert sur ses genoux et les mains posées sur les pages. Elle attendait elle ne savait quoi.

La sonnerie du téléphone la fit sursauter. Elle tendit la main, décrocha et faillit pousser un soupir en reconnaissant la voix d'Ériart.

— Ah ! c'est vous... Non, il n'est pas encore rentré... (Elle se sentit excédée.) Mais oui, tout va bien, mais puisque je vous dis qu'il ne se passera rien ! Soyez sans crainte,

194

s'il se passe quoi que ce soit, je vous appelle. D'accord. Bonne nuit.

Elle raccrocha en haussant les épaules mais elle commençait, malgré elle, à s'inquiéter. Elle était lasse, elle avait froid et n'éprouvait cependant aucune envie d'aller se coucher.

Pascal apparut soudain sur le seuil du salon :

— J'ai vu de la lumière. Je venais voir si vous n'aviez besoin de rien. (Il hésita.) C'est le commandant qui appelait ?

— Oui. Il voulait voir si tout allait bien.

Pascal prit son air buté :

— De quoi il se mêle, celui-là !

— Il est inquiet.

— Je me demande bien pourquoi !

Claire-Marie le regarda :

— Et toi, tu n'es pas inquiet, dis ? Pourquoi n'es-tu pas encore couché ? A cause de ton ami Miguel, n'est-ce pas ?

Pascal eut un geste vague :

— Il est tard, il n'est pas rentré. Il lui est peut-être arrivé quelque accident... Est-ce qu'on sait...

— Un accident ou une mauvaise rencontre ?

— Mais, dit Pascal indigné, qu'est-ce que vous allez imaginer ?

Claire-Marie hocha la tête. L'indignation de Pascal sonnait bien faux, ce soir... Lorsqu'il fut reparti, elle renonça à s'asseoir. Il fallait qu'elle bouge, qu'elle marche, pour lutter contre cette peur qui la gagnait de plus en plus. Une peur imprécise, c'était bien le pire.

Une peur non pour elle. Pour Miguel.

Et dehors, toujours ce concert de grillons, de reinettes, une nuit si paisible... une nuit à devenir fou...

195

Elle entendit soudain le bruit du moteur de la jeep et ne put s'empêcher d'aller jusqu'au garage. Elle entra au moment où Miguel descendait et elle se recroquevilla sur place. Il tenait à la main une carabine, la démontait, la rangeait dans son étui. Il la cachait ensuite derrière des bottes de paille qu'il remettait en place soigneusement.

Elle était incapable de faire un geste, de proférer un son. Seulement le regarder faire, fascinée et terrorisée en même temps.

Miguel se retourna et l'aperçut. Elle était si blême qu'il demanda avec douceur :

— Vous avez peur de moi ?

Il n'avançait ni ne bougeait pour ne pas accroître encore cette peur.

Elle réussit à dire :

— Vous ne croyez pas qu'il y a de quoi ? Je sais que la police vous soupçonne dans une affaire de meurtre et aussi pour l'attaque de la banque. Je ne voulais pas le croire mais...

— Mais maintenant vous le croyez...

Elle passa sa main sur son front d'un air fatigué :

— Je ne sais plus. (Elle se redressa.)Pourquoi faites-vous tant de mystère ? Pourquoi rentrez-vous au milieu de la nuit et avec une arme que vous cachez ? (Son ton se raffermissait peu à peu.) Je devrais peut-être trouver votre conduite naturelle ?

— Si je suis le criminel que l'on vous a décrit, vous êtes bien imprudente en venant me le dire. Un témoin gênant, ça se fait disparaître d'habitude, non ? (Il y avait une ironie amère dans ses yeux, dans les plis de sa bouche, puis peu à peu une lassitude qui perçait dans sa voix lorsqu'il reprit :) Claire-Marie, réfléchissez un peu : si j'avais voulu faire un mauvais coup à Haltçaï, pourquoi aurais-je attendu ? Croyez-vous qu'en dix mois les occasions m'aient manqué ? (Il la regarda.) Oui, c'est vrai, je suis venu ici dans un but précis. Oui, je cherche quelque chose et mon attitude peut paraître étrange, je sais qu'elle l'est. Seulement (il s'arrêta, la regarda de nouveau), vous devriez savoir depuis longtemps que je ne vous veux aucun mal. Au contraire.

Il quitta le garage et elle resta désorientée, heureuse et malheureuse à la fois, et son esprit ne pouvait s'accrocher qu'à des bribes de phrases, des mots qui n'avaient pas de sens, à la tendresse d'un regard, la tendresse d'une voix pour dire son nom : Claire-Marie.

Florence, dont Adrien n'avait osé lier les poignets trop serrés, parvint à se libérer les mains. Elle défit ses autres liens puis détacha son mari et Bordet. Ce dernier poussait de petits gémissements. Bertrand lui lança un regard furibond :

— Au lieu de gémir, vous auriez mieux fait de ne pas vous laisser surprendre. Il fallait que je m'occupe de tout et pendant ce temps vous n'étiez même pas capable de faire un peu attention à ce qui se passait !

— Parce que c'est de ma faute ! Et le plan, il était de moi aussi peut-être ? (Bordet lança un coup d'œil mauvais à Bertrand.) On peut dire qu'il a réussi, oui ! Vous êtes toujours plus fort que tout le monde...

— Par rapport à vous, je n'ai pas de mal !

— Vous ne croyez pas, intervint Florence excédée, qu'il y a mieux à faire que de vous lancer des injures à la tête ? Mendeguia nous a échappé, soit. Il nous reste à trouver un autre moyen de l'obliger à se tenir tranquille. (Elle alla vers le fauteuil, sortit le foulard.) Tenez, regardez, l'autre grand imbécile l'a laissé tomber.

— Bravo, ma chère, fit Bertrand à demi railleur, belle présence d'esprit.

— Vous espérez, dit avec hargne Bordet, les faire taire parce qu'ils ont oublié un foulard ici. C'est un peu court!

— Si vous avez mieux! répliqua Florence qui commençait à s'énerver.

— Peut-être, dit Bordet. En tout cas, j'ai une autre idée.

— Parce que vous avez des idées, maintenant?

Le ton de Bertrand était toujours ironique. Bordet, furieux, rétorqua :

— Pour ce que valent les vôtres!

— Allons, dit Bertrand soudain conciliant, ne vous fâchez pas. Dites toujours...

VII

Dans le salon de l'hôtel de Saint-Jean-Pied-de-Port, Diego achevait de prendre son petit déjeuner. Sa valise était posée à côté de lui. Il mangeait d'un air distrait et regardait tantôt sa montre, tantôt la porte. Lorsque Miguel entra, il poussa une exclamation de joie. Miguel lui sourit :

— Tu vois, je m'en suis tiré !

Il raconta l'aventure de la nuit. Diego redevenait soucieux à mesure que Miguel parlait.

— Et tu t'imagines que Bertrand va rester sans réagir ?

— Au contraire. En réagissant, il m'aide. Il va être obligé de prendre des risques et peut-être de se découvrir. Il n'y a pas que le hold-up et le meurtre de Laborde, il y a aussi une histoire plus ancienne, l'affaire Élissalde.

— Élissalde ? Un parent de Claire-Marie ?

— Son père, assassiné à la fin de la guerre alors qu'il passait en Espagne. Bertrand est mêlé à ça, de quelle manière ? Je l'ignore, mais Bordet en a trop dit l'autre soir. Ils sont sûrement compromis l'un et l'autre.

— As-tu des preuves ?

Miguel eut un geste d'impuissance :

— Non, pas encore, mais j'en aurai si j'arrive à rencontrer l'ancienne secrétaire de Bertrand et si elle veut bien parler...

— Écoute, dit Diego après un silence, de mon côté, je voudrais t'aider. En rentrant à Saint-Sébastien, je vais essayer d'obtenir d'autres renseignements sur Bertrand, sur son passé, et si j'apprends quelque chose d'intéressant, je te téléphone aussitôt ou je te télégraphie. D'accord?

En quittant Diego, Miguel se rendit au magasin de Cécile. Il était tôt, il n'y avait pas encore de clientes. C'était ce que Miguel avait espéré.

— Vous n'avez pas l'air en forme, dit Cécile. Des ennuis?

— Quelques-uns...

— A cause d'hier soir?

— Ça aurait pu se passer plus mal.

Cécile n'osa pas insister et il y eut un silence. Puis Miguel reprit :

— Il faut absolument que je rencontre Hélène Saubiette.

— C'est si important?

— Oui, je suis sur la corde raide.

— Bertrand? (Miguel fit un signe de tête affirmatif.) Je vais essayer de joindre Hélène, reprit Cécile. Je ferai vraiment tout ce que je pourrai pour la convaincre d'accepter.

— Merci.

Il y eut un nouveau silence et ce fut Cécile qui le rompit pour demander avec une certaine gêne :

— Et Laurent, dans tout ça, est-il?...

— Mais non, dit vivement Miguel. Il n'est en rien mêlé à cela. J'ai même l'impression que lui aussi s'est fait rouler par son oncle, à plusieurs reprises, pour son héritage en particulier.

Cécile parut soulagée :

— J'aime mieux ça!

Miguel lui fit un petit sourire ironique auquel elle répondit par un rire. Elle avait retrouvé toute sa gaieté — une gaieté qui était tonique et qui réconfortait.

Le consul écoutait avec un peu d'étonnement Claire-Marie d'Arrègues. La jeune femme était dans son bureau depuis une dizaine de minutes et achevait d'expliquer le but de sa venue :

— ... Jusque-là, il a donné entièrement satisfaction à Pascal. Il semble même d'un niveau très supérieur à l'emploi que j'ai pu lui proposer. Mais depuis quelque temps j'ai reçu, de différents côtés, des mises en garde à son sujet.

— De quel ordre ? demanda le consul.

— La police le soupçonne, paraît-il, d'avoir été mêlé à une affaire assez grave. Je suis persuadée qu'il s'agit d'une erreur, mais je préférerais m'en assurer.

— Je comprends votre prudence étant donné votre isolement. Comment se nomme-t-il ?

— Miguel Mendeguia. Selon le passeport qu'il a présenté pour établir son contrat de travail, il serait né à Veracruz le 6 avril 1945.

Le consul eut un petit sourire :

— J'ai été saisi hier d'une demande analogue par le commissariat central de Bayonne. Vous voyez que vos craintes peuvent être fondées. (Il nota le geste instinctif de Claire-Marie, un geste de protestation.) Je n'ai pas dit qu'elles le soient ! De toute façon, nous le saurons rapidement. Il faut compter quarante-huit heures, trois jours au plus. Dès que j'aurai les informations, je vous les communiquerai.

— Je vous en suis très reconnaissante.

— Je vous en prie, dit le consul en la raccompagnant. C'est naturel. Votre grand-père a rendu suffisamment de services, autrefois, à notre consulat...

La jeep arriva dans la cour d'Haltçaï comme la nuit commençait à tomber et Agna qui guettait le retour de Miguel s'avança vivement :

— Le contremaître du « Gana » a téléphoné vers cinq heures. Il a dit que vous montiez à la carrière dès votre retour. Il vous attend là-haut.

— Il a dit pourquoi ?

Agna secoua la tête :

— Je crois qu'ils ont eu un ennui mais il n'a pas précisé lequel. En tout cas il a insisté pour que vous veniez le plus tôt possible.

— Bon, dit Miguel. J'y vais avant qu'il fasse tout à fait nuit.

Il remit la jeep en marche et repartit.

Dans la cuisisne, Pascal discutait avec Sagardoy. Lorsque Agna rentra, Pascal dit simplement :

— Je ne comprends pas ce qui a pu se passer là-haut. Enfin, Miguel nous expliquera à son retour...

Les deux hommes continuèrent à parler et sortirent dans la cour pour se rendre dans une étable. C'était l'extrême fin du crépuscule et Pascal avait sa torche électrique à la main. Soudain une explosion assez lointaine troua le silence.

— Tu as entendu ? demanda Pascal.

— Oui, dit Sagardoy. C'était vers le Jarra.

— Vers la carrière, oui, fit Pascal inquiet. Et Miguel qui est parti là-haut et qui devrait être rentré... Je me demande ce qu'il fait !

Sagardoy désigna sa jeep rangée sur un côté de la cour d'Haltçaï :

— Tu veux qu'on aille voir ?

— Oui, dit Pascal, j'aimerais bien.

Ils montèrent dans la voiture et partirent vers la carrière.

En arrivant, le silence les surprit. Les bulldozers étaient arrêtés et rangés. Tout semblait en ordre et vide. Sauf peut-être, près du dernier bulldozer, une jonchée de grosses pierres... Sagardoy s'approcha suivi de Pascal. Il avait allumé sa torche électrique et ils virent, en même temps, Miguel inanimé, le visage en sang. Sagardoy se pencha vivement, écouta le cœur :

— Il respire, c'est le principal.

— Misère de misère, dit Pascal atterré, il est bien arrangé !

— Oui. Et s'il n'avait pas eu le réflexe de se jeter derrière ce bulldozer, il y restait, la mine lui sautait au nez.

— Je ne comprends pas, dit Pascal, et le contremaître où est-il ?

— Tu comprendras après, fit Sagardoy bourru. En attendant tu vois pas l'entaille qu'il a à la cuisse. Au visage, ça a l'air superficiel, mais là, ça pisse drôlement. Aide-moi à le porter dans la jeep.

Une fois là, Sagardoy déchira sa chemise, la roula pour en faire une sorte de compresse qu'il tendit à Pascal :

— Tiens, appuie-lui ça sur la cuisse.

Il démarra et roula comme un fou jusqu'à Haltçaï.

Leur arrivée provoqua un vrai branle-bas. Agna, affolée, se précipita pour appeler Claire-Marie. Sagardoy et Pascal portèrent Miguel sur le divan du salon. Claire-Marie téléphona aussitôt au médecin qui, par chance, rentrait justement chez lui. Il se rendit sur-le-champ auprès de Miguel. Autre chance, l'artère n'avait pas été touchée. Le médecin put donc désinfecter, recoudre, faire un pansement sans que l'on soit obligé de conduire Miguel à l'hôpital.

Tout en raccompagnant le médecin, Claire-Marie demanda :

— Vous croyez qu'il n'y aura pas de suites?

— Je ne pense pas. Il souffre d'une forte commotion, mais il peut se vanter d'avoir le crâne solide. Je lui ai fait une piqûre. Malgré tout, il vaut mieux le surveiller cette nuit. Il risque d'avoir le sommeil un peu agité... S'il y a la moindre alerte, n'hésitez pas à téléphoner.

Claire-Marie revint au salon et s'installa dans une bergère.

— Vous n'allez pas?... commença Agna.

— Si, coupa sèchement Claire-Marie. Allez vous coucher, Pascal et toi, c'est moi qui le veillerai.

... Toute une nuit à évoquer des ombres qui avaient rendu grise son enfance, décoloré ses joies, assourdi ses rires. Qui avait fait d'elle une adolescente secrète et sauvage. Et quand tout avait semblé s'éclairer enfin de la jeunesse de François, de ses folies, de son entrain, ç'avait été si peu de temps. Les jours avaient repris leurs teintes coutumières, noir et gris, mauve et blanc, des camaïeus de peine, l'absence du bonheur. Et puis, un jour, Miguel...

... Toute une nuit à écouter Miguel gémir dans son sommeil, gémir en espagnol, crier des mots sans suite, puis se calmer et s'endormir profondément à l'aube...

Vers le milieu de la matinée il s'éveilla. Claire-Marie venait de rentrer dans le salon et lui sourit :

— Vous pouvez vous vanter de nous avoir fait peur. Que s'est-il passé?

Il regardait ses mains posées à plat sur les draps et il pensait à celles du vieil Amestoy.

— Je ne sais pas. Il y a eu une chute de pierres. Après je ne me souviens plus.

— Une chute de pierres seulement? On a entendu une explosion.

— Oui. Peut-être.

Il regardait toujours ses mains dont il faisait bouger lentement les doigts.

— Ce n'est pas normal, dit Claire-Marie. Les mines ne partent pas toutes seules.

— Il s'agit sans doute d'un accident.

— Je ne crois pas. Hier soir, j'ai fait appeler le contremaître de la carrière. Ce n'est pas lui qui avait téléphoné.

Miguel hocha la tête :

— Je ne comprends pas...

Claire-Marie dit avec une violence soudaine :

— Vous ne voulez pas comprendre! C'est pourtant simple : quelqu'un a essayé de vous tuer!

Il avait fermé les yeux de découragement, de fatigue. Elle se posait des questions, c'était bien naturel mais il ne pouvait pas y répondre. Pas encore. Ne pouvait-elle le comprendre? Et lui faire confiance sans preuves? Est-ce encore de la confiance quand il faut aligner les motifs, un à un, comme à l'école devant le maître? Ne pouvait-elle cesser de raisonner, de vouloir la logique, la clarté? Sa voix le blessait. Il aurait aimé qu'elle se taise et lui tienne la main, seulement lui tenir la main. Il était si fatigué.

Elle dit tout à coup très doucement :

— Miguel, je ne sais ni pourquoi vous êtes là ni ce que vous cherchez et je ne vous demande rien, mais il est évident que vous jouez un jeu dangereux. S'il est encore temps de l'arrêter, faites-le, je vous en prie. (Sa voix sombra un peu.) Cette maison a connu assez de drames.

Elle disait enfin ce qu'il attendait, avec la voix qu'il avait désespéré d'entendre et c'était une autre souffrance.

— Mais je ne peux pas arrêter.

Il avait parlé à voix très basse, d'un ton presque désespéré.

*

*   *

De la terrasse on entendait plus nettement encore que du bureau, le bruit de la mer, sur les rochers, en contrebas des pelouses. Bertrand aimait ce bruit qui concrétisait un de ses rêves d'enfant pauvre : avoir une maison qui toucherait la mer...

Il faillit hausser les épaules, but son café d'un trait et accueillit Bordet avec une ironie glacée :

— Alors, mon ami ? Votre plan a fait long feu, si j'ose dire, encore qu'il n'y ait pas lieu de plaisanter...

Bordet avait l'air fatigué et un tic relevait par instants le coin de sa bouche :

— Il s'en est fallu de peu, il a eu une chance inouïe !

— Il faut aussi compter avec la chance des autres ! Que me conseillez-vous maintenant ?

Bordet baissa les yeux :

— J'avoue que je ne sais plus.

Bertrand eut un petit rire plein d'entrain, se leva :

— Venez voir ! (Il entraîna Bordet vers la porte-fenêtre dont le contrevent portait des traces très nettes d'effraction.) Comme vous pouvez le constater, ce contrevent a été forcé. Le carreau de la porte a été découpé pour pouvoir manœuvrer la poignée mais il y a mieux. Allons dans mon bureau.

Dans le bureau régnait un certain désordre, le coffre avait été éventré par une explosion.

Bordet regardait, effaré. Bertrand rit de nouveau :

— Eh oui ! Le coffre a été fracturé, une somme de six

206

mille francs environ et des bijoux appartenant à Florence ont disparu. (Il montra le foulard rouge d'Adrien derrière un des fauteuils.) Fort heureusement les voleurs ont oublié le foulard en partant. C'est peut-être un indice intéressant.

Bordet en bégaya de surprise :

— Mais... mais...

— Voyons, Bordet, ne faites pas cette tête-là, j'ai passé une partie de la nuit à fignoler tous les détails. Je viens de découvrir le cambriolage en rentrant de voyage, il ne me reste plus qu'à prévenir la police et... à aiguiller astucieusement les recherches vers Mendeguia et son acolyte...

— S'ils parlent, s'ils disent exactement comment les choses se sont passées l'autre nuit...

— Allons, Bordet, soyons sérieux! Qui croira une histoire aussi rocambolesque? Qui mettra ma parole en doute? D'ailleurs nous étions absents depuis trois jours, Florence et moi. Plusieurs personnes sont prêtes à en témoigner. Ne vous inquiétez pas, j'ai pris mes précautions. Certains de mes amis ne peuvent pas me refuser un petit service de ce genre.

— Tout de même... c'est risqué...

Bordet semblait réticent. Bertrand se fit sec :

— Vous voyez une autre solution? D'ailleurs, Mendeguia n'attendra peut-être pas que la police l'arrête... Quand il verra le piège se refermer, il essaiera sans doute de s'enfuir... (Il eut un sourire entendu.) On peut peut-être le lui suggérer...

*
* *

Le commissaire Bardoux avait réuni les inspecteurs Portal et Labeyrie pour faire le point sur cette nouvelle affaire de vol. Il manquait d'entrain et soupira :

— Un cambriolage chez un banquier, encore des ennuis en perspective...

— Il n'est pas très important, dit Labeyrie. Quelques bijoux et six mille nouveaux francs !

— Une bande organisée, à votre avis ?

Labeyrie hésita :

— Je ne sais pas. C'est bizarre. Ils ont fait sauter le coffre assez grossièrement. Ce n'est pas un travail de spécialiste.

— Des indices ?

— Ce foulard (il montra le foulard d'Adrien) sans doute oublié par les cambrioleurs et ça aussi c'est bizarre.

— Les cambrioleurs, dit Portal, commettent des erreurs, eux aussi, heureusement.

— Autre chose ? demanda le commissaire Bardoux.

— Oui. Bertrand avait parlé de son voyage au cours d'une visite à Haltçaï, mardi dernier.

— Haltçaï, tiens, dit Portal, c'est là qu'habite Mendeguia. Intéressant.

Labeyrie eut une moue :

— Peut-être mais tout ça ne colle pas ensemble. Si Mendeguia a organisé le hold-up, qui est quand même une grosse affaire, et ensuite le meurtre de Laborde, il avait intérêt à se tenir tranquille. Je ne vois pas pourquoi il aurait tenté un cambriolage...

— Il avait peut-être besoin d'argent immédiatement, qu'en sais-tu ? fit Portal qui semblait tenir à cette piste.

Labeyrie était beaucoup moins convaincu :

— Ça ne me paraît pas satisfaisant.

— Bien sûr, reprit l'autre, il y a des points qui ne collent pas, comme tu dis. Et après? Souvent il suffit de tomber sur un détail, de bien l'accrocher et tout le reste suit!

— Je crois que Portal a raison, dit le commissaire. Il faut poursuivre l'enquête, dans le même sens, jusqu'au bout.

— Et savoir faire parler les objets, dit Portal en regardant le foulard.

Quarante-huit heures suffirent pour identifier Adrien Mendiboure comme le possesseur de ce foulard.

L'inspecteur Labeyrie se rendit à la ferme du vieux Mendiboure. Adrien fendait du bois derrière la maison et il posa sa hache en entendant son oncle l'appeler. Il entra dans la cour.

— Vous êtes bien Adrien Mendiboure? demanda Labeyrie.

— Oui, fit Adrien étonné. C'est moi.

— Vous reconnaissez ce foulard? (Et comme Adrien haussait les épaules d'un air de doute.) Vous le reconnaissez, oui ou non?

— C'est-à-dire... (Adrien se gratta la tête et prit l'air idiot.)

— Eh bien! réponds, dit avec colère Joseph Mendiboure. Tu n'as rien à cacher à ce monsieur.

— J'en avais un pareil, dit Adrien, mais je ne sais pas si c'est celui-là. Je l'ai perdu, il y a quatre ou cinq jours sans doute, en moto sur la route.

— Par les empreintes, dit Labeyrie, nous saurons si c'est bien le vôtre. Je vais vous demander de m'accompagner à Bayonne. J'ai un certain nombre de questions à vous poser.

Joseph Mendiboure explosa :

— Tu vois, je te l'avais bien dit que ça finirait mal! A

force de fréquenter des voyous! C'est à cause de Mende-guia, j'en suis sûr!

Laurent faisait négligemment tourner entre ses doigts le verre ballon empli d'armagnac. Il savourait le double plaisir de la couleur parfaite — ambre, vieil or, cuir blond — et de l'odeur — juste ce qu'il fallait de fruité dans l'alcool, d'onctueux et de raide. Bref, un armagnac admirable. Il fallait reconnaître que son oncle Bertrand savait choisir sa cave.

Et il écoutait avec amusement le récit du cambriolage de la propriété. Bertrand montrait la porte fracturée. Laurent leva les yeux mais ne bougea pas de son fauteuil. Il eut même un petit rire impertinent :

— Voler un banquier, il faut avouer que c'est tentant. A l'occasion, je ne dis pas que moi aussi...

Bertrand se voulut aimable bien qu'il fût agacé :

— Mon cher Laurent, si tu avais autant de sérieux que d'esprit, tu irais loin...

— Aussi loin que vous, mon oncle.

Bertrand négligea la réflexion et tendit une boîte de cigares. Laurent en prit un.

— A propos du vol, tu ignores sans doute que les recherches s'orientent vers Haltçaï?

Laurent garda un sérieux imperturbable :

— Pas possible! Claire-Marie! Qui l'eût cru?

— Cesse de plaisanter, fit Bertrand irrité. Il s'agit d'un certain Mendeguia. Il est de tes amis, je crois?

— Vous êtes bien renseigné.

— La police ne le soupçonne pas seulement de cambriolage. Il y a plus grave, on m'a parlé d'un meurtre.

210

Laurent achevait d'allumer son cigare. Il tira une bouffée, l'air songeur :

— En fait de meurtre, il serait plutôt la victime. Savez-vous qu'hier soir il a échappé de justesse à un accident assez suspect ? Je suis allé le voir ce matin à Haltçaï. On peut dire qu'il a eu une de ces chances...

— C'est possible. Mais s'il veut qu'elle continue, il aurait intérêt à ne pas attendre que la police ait réuni des preuves contre lui. (Il s'interrompit pour allumer à son tour un cigare et reprit sans paraître y prêter importance :) A sa place, je déguerpirais !

Laurent regardait en l'air, un anneau de fumée bleutée qui s'allongeait doucement :

— C'est un conseil qu'à votre avis pourrait lui donner quelqu'un qui le connaîtrait suffisamment ?

— Pourquoi pas ?

Laurent se leva et dit avec nonchalance :

— Désolé, mon oncle, je vous aime bien mais je ne fais pas ce genre de commission. (Il reposa son verre.) Merci de votre invitation. Vous recevez toujours à merveille.

VIII

— Où allez-vous? Le médecin vous a recommandé le repos et vous êtes debout?

Claire-Marie regardait Miguel qui se tenait appuyé au mur du garage. Il avait mauvaise mine et paraissait souffrir de sa jambe. Il s'efforça de sourire :

— Je n'aime pas rester couché.

— Quelle idée a eue Laurent de vous proposer sa jeep! Vous n'allez pas repartir, j'espère?

— Il faut bien.

Il avait un regard implorant qu'elle ne voulut pas voir. Elle était elle-même au bord des larmes :

— Très bien, faites-en à votre tête puisque vous ne voulez écouter personne! Continuez vos imprudences, allez vous faire tuer si ça vous amuse! Après tout je m'en moque!

Elle s'en alla brusquement et il resta un moment immobile, puis secoua la tête et monta dans la jeep de Laurent. Il fallait absolument qu'il voie Cécile.

Elle l'accueillit avec une petite grimace.

— Ça n'a pas l'air brillant, cette jambe...

— Un peu de fatigue.

— Vous vouliez me voir au sujet d'Hélène? Elle n'a dit ni oui ni non. Comme elle partait chez des amis, je n'ai pas insisté. Elle rentre demain soir et, dès son retour, je reviendrai à la charge.

— Ce n'est pas pour ça que je venais, dit Miguel avec

un peu de gêne, mais pour vous demander un nouveau service qui risque de vous ennuyer.

— Dites toujours.

— C'est au sujet de l'autre soir, quand je vous ai emprunté votre voiture. Il se peut que la police cherche à reconstituer mon emploi du temps cette nuit-là. Accepteriez-vous de confirmer que je suis resté avec vous jusqu'à trois heures du matin ? Si cela vous gêne, tant pis. Je trouverai autre chose.

Cécile demanda après un assez long silence :

— C'est grave ?

— Assez. Adrien a été arrêté tout à l'heure. Bertrand essaie de nous mettre sur le dos une sale histoire pour m'empêcher de continuer mes recherches. Au moment où je vais aboutir, enfin, je le pense. Diego m'a téléphoné et donné une adresse à laquelle je dois me rendre... quelqu'un qui me parlera du passé de Bertrand... Alors, vous comprenez, si j'étais arrêté en ce moment... (Il eut un geste d'impuissance.)

— J'accepte, dit Cécile. Je vous dois bien ça. Ma réputation n'a pas tellement d'importance si c'est ce que vous craignez. Je suis libre de recevoir qui je veux et, après tout, c'est plutôt flatteur ! (Elle eut un petit rire.) Pour vous aussi, j'espère ?

*
* *

Diego avait dit au téléphone : Georges Lacroix, villa Salambo à Arcangues. Et maintenant Miguel, un peu crispé, attendait dans un salon confortable où l'avait fait entrer une vieille domestique. Il y avait sur des étagères des

214

opalines et des jades et un clavecin droit, très joliment peint, dans un angle. Une aisance raffinée... Un salon à l'image du vieil homme élégant qui soudain poussa la porte, salua Miguel avec une courtoisie d'un autre âge, le fit asseoir et l'écouta parler un grand moment.

— Ainsi, vous vous intéressez à la carrière de mon ami Bertrand... Un personnage balzacien et redoutable...

— Je ne suis pas écrivain. Je cherche, pour des raisons personnelles, à découvrir la vérité sur une vieille histoire.

Lacroix avait des yeux d'un bleu fané qui tout à coup s'éclairèrent d'ironie :

— L'affaire Élissalde, j'imagine ? (Miguel hocha la tête affirmativement.) Peu m'importent, après tout, vos raisons... puisque vous me fournissez l'occasion que j'attendais. J'ai été obligé de me taire assez longtemps. Maintenant je n'ai plus rien à perdre... (Il jouait avec ses mains, soignées et longues.) Les médecins m'accordent six mois, tout au plus, alors, n'est-ce pas ? (Il eut un semblant de rire qui s'acheva en une petite toux de vieillard.) Vous comprenez, jeune homme, je ne suis pas quelqu'un de recommandable, j'ai eu le tort de commettre, à un certain moment, un faux en écriture... Je ne le regrette pas... C'était pour une femme magnifique... (Son regard s'éclaira cette fois de tendresse, un bref instant.) Bertrand avait la preuve de mes... acrobaties financières. Il me tenait... Alors, pendant des années, chaque fois qu'il entreprenait une affaire un peu risquée, j'étais l'homme de paille, celui qui apparaissait sur le devant de la scène. Si les choses avaient mal tourné... (Il fit un petit geste de la main.) Si cela ne vous ennuie pas, nous allons sortir un peu. C'est l'heure de ma promenade. A mon âge on a ses petites habitudes. Nous pourrons continuer à bavarder tout en marchant.

215

Il se leva, prit dans le vestibule sa canne, son chapeau et Miguel le suivit. Il l'emmena sur une colline très proche d'où l'on dominait la ville, la plage et la mer. Il y avait un planisphère de marbre sur lequel Lacroix se pencha.

— New York, Miami, Rio, Buenos Aires... Pour moi, c'est fini. Mais vous qui êtes jeune, ca ne vous fait pas rêver ?

— Si... (Après un silence, il reprit la conversation.) On m'avait dit que la fortune de Bertrand datait des années cinquante.

— Il le laisse croire, mais en réalité il était riche depuis la Libération. Seulement, il agissait par personnes interposées... J'ai mis du temps à m'en rendre compte... Mais sa réussite ne reposait pas seulement sur les sommes importantes dont il disposait. Il avait barre sur des gens influents des deux côtés de la frontière. Des industriels, des négociants... Là aussi il m'a fallu du temps pour réaliser que, chose curieuse, ils avaient tous un point commun : on disait d'eux, sans pouvoir le prouver, qu'ils avaient trafiqué avec les Allemands pendant la guerre.

— Vous pensez que Bertrand possédait des dossiers compromettants sur leur compte ?

— J'en suis certain. Et si l'on poursuit le raisonnement, on en arrive à une autre question dont la réponse donne la clef de l'énigme. De qui Bertrand pouvait-il tenir l'argent et les dossiers ? De qui sinon d'Henri Élissalde ?

Il y eut un silence. Lacroix suivait du doigt sur le planisphère le contour de l'Amérique, étranglé en son milieu comme une taille de femme du début du siècle.

— Vous avez des preuves ?

La voix de Miguel était un peu rauque. Enfin, il touchait au but...

216

— Non. Une certitude, oui, mais pas de preuves. Vous pensez bien que si j'avais pu le coincer...

Miguel se taisait. Une certitude... lui aussi en possédait une et à quoi cela servait-il ?

— J'en ai parlé avec quelqu'un qui a bien connu Bertrand à cette époque, une femme très intelligente, encore séduisante, une de ses anciennes secrétaires.

— Hélène Saubiette ?

Lacroix eut l'air surpris :

— Si vous la connaissez, elle pourrait peut-être... J'ai l'impression qu'elle en sait plus que quiconque, mais elle est très réticente sur le sujet.

*
* *

— Puisque je vous répète que je l'ai perdu sur la route en revenant avec ma moto...

Un Adrien, têtu, buté, s'obstinait à répondre la même phrase aux inspecteurs qui se relayaient pour l'interroger. En ce moment, c'était Portal et il commençait à s'énerver. Adrien, lui, était un bloc de granit. Pas de prise, pas de faille et apparemment pas de nerfs !

— Quand l'as-tu perdu ce foulard ?

— Dimanche soir peut-être ou lundi. Ce qui est sûr, c'est que mardi je l'avais plus.

— Et on le retrouve chez Bertrand comme par miracle. Allons donc !

— Qu'est-ce que ça prouve ? N'importe qui a pu le ramasser et puis après aller faire un mauvais coup. Comment voulez-vous que je sache ?

217

— Tu ferais mieux de nous dire la vérité.

— Je n'ai jamais mis les pieds chez Bertrand.

— Je ne demande pas mieux que de te croire, je suis même prêt à admettre que Mendeguia a agi seul. Mais le foulard tu le lui avais peut-être prêté? Essaye de te souvenir...

— Je lui ai pas prêté, je l'ai perdu.

La litanie recommençait. Portal en était excédé :

— Comme tu voudras. Seulement, je te préviens, c'est toi qui vas prendre et l'autre salaud s'en tirera à bon compte. Tu pourras penser à lui quand tu seras en taule, parce que tu vas y rester un moment!

Passif, carré, indifférent aux menaces comme aux ruses, Adrien se taisait, l'air idiot.

L'inspecteur Portal revint dans le bureau. Il y trouva Labeyrie qui rentrait d'Haltçaï.

— La perquisition n'a rien donné. On a pourtant fouillé partout, jusque dans le garage, jusque dans de maudites bottes de foin qu'il a fallu déplacer une à une. Non, je jure, un cirque... Et pas trace du moindre bijou ni du premier billet! Le consulat a transmis les renseignements?

— Oui, tout à l'heure. Bardoux dit qu'ils sont favorables.

Labeyrie eut un geste fataliste :

— Quand je te dis que quelque chose ne colle pas!

— En attendant, moi je l'arrêterais, Mendeguia. Parfaitement! Sinon il va nous filer entre les doigts et avec un interrogatoire serré, je te garantis qu'il finirait bien par avouer! On le retrouve d'une manière ou d'une autre dans le cambriolage, le meurtre de Laborde et le coup du hold-up. Qu'est-ce qu'il te faut de plus?

Le commissaire Bardoux était entré dans le bureau et

218

écoutait la discussion sans y prendre part. Labeyrie parut hésiter puis se décida :

— Il n'y a pas que lui que l'on retrouve dans les trois affaires. Le vol a eu lieu chez Bertrand, la banque de Saint-Jean-Pied-de-Port lui appartient, Bordet en est administrateur. Quant à Laborde ils ont travaillé ensemble pendant la guerre ?

— Qu'est-ce que tu vas chercher ? fit Portal ahuri.

Le commissaire Bardoux écoutait avec attention.

— Que Mendeguia ne soit pas un enfant de chœur, reprit Labeyrie, je suis d'accord, mais on ne m'enlèvera pas de l'idée que cette histoire de cambriolage n'est pas claire. Il y a autre chose (il frappa de la main sur la table) et c'est ça qu'il faut découvrir.

Bardoux intervint :

— Comment pensez-vous y parvenir ?

Labeyrie réfléchit un moment :

— Si on arrête Mendeguia tout de suite, je ne suis pas sûr qu'il parle. Voyez l'autre zigoto, Mendiboure, je mettrai ma tête à couper qu'il y est allé chez Bertrand, mais pour le lui faire dire ! Mendeguia est encore plus coriace. Alors nous n'en saurons pas plus. Tandis que si on lui laisse la bride sur le cou, il se produira peut-être quelque chose qui nous mettra sur la voie.

— C'est risqué, dit Bardoux.

— A vous de décider, conclut Labeyrie.

Hélène Saubiette s'arrêta un instant de parler et dans le silence du living-room le bruit du jet d'eau qui arrosait dehors la pelouse se fit plus sensible. Cécile regardait ses mains. Miguel semblait exténué. Il avait les traits tirés, des cernes sous les yeux.

— J'ai découvert les choses peu à peu, reprit Hélène du même ton uni accordé à son air lointain. Vers 1942 ou 43, je me suis rendu compte qu'Élissalde et Gavalda échangeaient des télégrammes d'apparence commerciale mais qui ne correspondaient à aucune de nos affaires en cours... Par recoupements, il était assez facile de comprendre qu'ils avaient trait à des opérations clandestines.

— Bertrand s'occupait aussi des passages? demanda Miguel.

— Oui mais tout le monde l'ignorait. Il n'y avait guère que moi qui pouvait le découvrir.

— Henri Élissalde a prévenu de son arrivée?

— Oui.

Il y eut un autre silence, plus long. Dehors, le bruit du jet d'eau s'était éloigné. Quelqu'un avait dû déplacer le tuyau d'arrosage. La nuit commençait à tomber et dans le living-room il faisait sombre. On ne pouvait plus voir les traits d'Hélène mais sa voix s'était animée :

— Le matin du 24 avril 1944, il y avait un télégramme sur le bureau de Bertrand. Je me souviens encore du texte : « L'option Ravel expire ce soir à minuit. Prendre dispositions en conséquence. » Ravel était le nom de code d'Élissalde. Bordet et Bertrand sont partis en voiture en fin d'après-midi. Laborde les accompagnait. Il leur servait de chauffeur, d'homme à tout faire...

— Et vous n'avez jamais rien dit, fit Miguel avec une amertume assez agressive.

Hélène se leva, alluma posément les lampes et regarda Miguel :

— J'attendais votre reproche, fit-elle avec calme. En juillet quarante-quatre, on m'a proposé une situation intéressante aux États-Unis. Rien ne me retenait, j'ai accepté.

Je n'ai appris l'affaire que bien des années plus tard. Élissalde et Atterey étaient morts depuis longtemps. Que vouliez-vous que je fasse? Je n'ai jamais eu de goût pour le chantage. Et Bertrand ne s'est jamais douté que je savais...

IX

— Entrez, je vous en prie, dit le consul en s'effaçant pour laisser entrer Claire-Marie. Je m'excuse de vous avoir fait déranger mais je préférais vous voir.

— Vous m'avez dit au téléphone que vous aviez reçu les renseignements ?

— Oui. Ils sont très favorables. (Il prit sur son bureau quelques photos qu'il tendit à Claire-Marie.) On m'a envoyé également les photos pour éviter une erreur sur l'identité.

Claire-Marie examina les photos et les rendit au consul :

— C'est lui, il n'y a aucun doute.

— Il est né à Veracruz le 6 avril 1945, c'est bien exact. Il y a toutefois un élément important que ne mentionne pas le passeport : Mendeguia n'est pas son vrai nom mais celui de son père adoptif, un des plus importants propriétaires de la région de Pueblo. C'est un homme fort connu et très estimable. Il était veuf, sans enfants...

— Et sa mère ?

— Elle est morte depuis un an environ. Elle était Française et, ce qui expliquerait bien des choses, originaire du village d'Haltçaï...

— Gracieuse Etcheverry ?

Le consul regarda Claire-Marie d'un air étonné :

— Vous le saviez ?

— Non. Mais j'aurais dû deviner plus tôt...

Elle se leva, remercia le consul et rentra à Haltçaï. En

descendant de voiture, elle aperçut Pascal qui venait à sa rencontre.

— Les policiers sont venus, dit-il. Ils sont repartis bredouille. Je le savais bien.

— Dis-moi, tu savais que Gracieuse Etcheverry avait eu un fils?

Pascal, gêné, détourna les yeux :

— Euh...

— Allons, avoue. Tu n'as jamais su mentir, mon pauvre Pascal. Tu le savais...

Pascal haussa les épaules :

— On me l'avait dit.

— C'est pour ça qu'elle est partie aussi vite, avant même que son mari soit...

— Oui. Ça expliquerait assez.

— Comme tu dis, ça expliquerait assez...

Et laissant Pascal perplexe, elle rentra dans la maison. Un orage grondait au loin et, machinalement, Pascal regarda le ciel : il était très noir vers les sommets. Il ne ferait pas bon être dans la montagne cette nuit...

Miguel rentra à Haltçaï, tard dans la soirée. Il faisait une nuit lourde, zébrée d'éclairs. Dans la montagne, l'orage grondait de plus en plus fort. Miguel resta assis quelques instants au volant. Il était épuisé.

Quelque part dans la maison, une lumière s'alluma et Claire-Marie apparut sur le seuil de la porte. Miguel descendit de voiture et s'avança vers elle. Il marchait avec peine.

Arrivé à sa hauteur, il dit lentement :

— Vous vouliez savoir la vérité. Je suis le fils de José Atterey.

Elle répondit avec la même gravité :

— Je me demandais si vous le diriez jamais.

— Atterey n'a pas tué votre père. Il était innocent.

— Je n'ai jamais eu de haine pour personne, Miguel. Vous pensiez que c'était si important ?

— Pour moi, oui.

— Qui était le coupable ?

— Il y en a eu plusieurs, Bordet, Bertrand et sans doute Laborde. Vous n'êtes pas obligée de me croire, mais j'en ai la preuve depuis ce soir.

— Mais je vous crois.

— Ils ont voulu me tuer à la carrière. Maintenant ils essaient de me faire passer pour un voleur ou même un meurtrier. Laborde est mort, mais il reste les deux autres !

Il y avait un défi dans sa voix. Claire-Marie dit avec douceur :

— Vous avez obtenu ce que vous vouliez... vous savez maintenant que votre père est innocent et je le sais aussi. Qu'importe ce que peuvent penser les autres, qu'importent Bertrand et Bordet. Oubliez-les, Miguel.

— Ce serait trop commode. Je ne dis pas qu'Henri Élissalde ait connu une fin heureuse, certes non ! Mais José Atterey, mis au rang des assassins, abandonné de tous sauf de rares amis. Et l'enfant qui allait naître qu'il ne connaîtrait jamais, dont il ne voulait même pas qu'il porte son nom pour qu'il puisse échapper à la honte. Avez-vous songé à ce qu'il a pu endurer en attendant son exécution ? Et ma mère, enfermée dans sa révolte, ses souvenirs et son espoir de vengeance. Pendant des années. Est-ce vivre ? Et moi, puis-je oublier ça ?

— Croyez-vous que je n'ai pas assez porté, moi aussi, le deuil de tous ceux que j'ai aimés, que je n'ai pas assez

225

pleuré les morts ? Et maintenant vous voudriez que j'attende, passivement, qu'un nouveau malheur arrive ? (Elle avait parlé avec passion, regarda Miguel.) Pourquoi restons-nous ici ? Si vous le désirez, je partirai avec vous où vous voudrez, immédiatement.

Miguel caressa doucement le visage de Claire-Marie levé vers lui :

— Nous n'irions pas loin. Dès la frontière, je serais arrêté. Non, ce n'est pas possible, je dois aller jusqu'au bout. Il n'y a pas d'autre solution... (il prit Claire-Marie dans ses bras et posa sa tête sur son épaule) et pourtant, je suis fatigué, Claire-Marie, si fatigué...

Les éclairs sillonnaient la nuit, les premières gouttes de pluie commencèrent à tomber. L'orage se rapprochait.

— Venez, dit Claire-Marie.

Ils entrèrent dans la maison.

Tapi dans un bosquet, Bordet attendit encore un peu puis il avança avec précaution vers le garage. Il portait un paquet grossièrement ficelé. Il ouvrit le coffre latéral de la jeep, y déposa le paquet et repartit.

L'orage avait éclaté. Il pleuvait à présent à verse.

Pendant toute la nuit les orages se succédèrent si violents qu'en montagne, ils entraînèrent des chutes de neige sur les sommets. L'aube se levait juste quand le commandant Ériart fut réveillé par un coup de téléphone. C'était l'aubergiste qui appelait : un touriste allemand qui logeait depuis une semaine à son hôtel avec sa famille était parti la veille faire une excursion vers le pic de l'Orly. Ses deux enfants l'accompagnaient. Sa femme était restée à l'hôtel et s'inquiétait car ils n'étaient pas rentrés.

— J'ai essayé, dit l'aubergiste, d'aller avec la camionnette vers Burkeguy. Je n'ai pas pu monter à cause du brouillard et de la boue. Avec les orages de cette nuit... Alors, j'ai appelé la gendarmerie. Ils ont envoyé leur hélicoptère mais il a dû faire demi-tour. Il n'y a aucune visibilité au-dessous de six cents mètres... Ils disent qu'il faudrait avoir une jeep. C'est pour ça que je vous dérange, mon commandant. Vous ne voyez pas, vous, où on pourrait s'en procurer une ?

— Bien sûr que si, dit Ériart. Laurent ne refusera pas, vous le pensez ! Rassurez cette dame allemande, j'appelle tout de suite Laurent et nous vous rejoignons avec sa jeep.

Ériart raccrocha, puis il appela le bureau de poste :

— Allô, mademoiselle, ici le maire, passez-moi le 23, de toute urgence. Mais oui, j'attends. Allô, Laurent ? Ici Ériart. J'aurais besoin de votre jeep et de vous, par la même occasion. Des touristes allemands se sont perdus dans la montagne... Comment, vous ne l'avez pas ? Elle est en réparation ? Ah ! chez Claire-Marie... Je préfère ça... On se retrouve à Haltçaï...

Dans la cour d'Haltçaï, ce fut, en rien de temps, un beau remue-ménage. La camionnette des gendarmes, la voiture d'Ériart, celle de Laurent. Claire-Marie, mal réveillée, tentait de réconforter la jeune femme allemande. Miguel, ébouriffé, discutait avec Laurent du meilleur itinéraire à prendre. Pascal était allé chercher Sagardoy, imbattable pour ce qui était des pistes de crêtes. Agna préparait des thermos de café et, dans le garage, deux gendarmes portant un brancard pliable, une boîte à pharmacie et un jerrycan d'essence, commençaient à charger la jeep.

— Il vaut mieux faire le plein, dit l'un. Comme ça ils seront tranquilles.

Il prit le jerrycan et emplit le réservoir d'essence pendant que l'autre sortait du coffre de la jeep un paquet grossièrement ficelé, le posait sur le rebord et chargeait la civière. Le coin de la boîte à pharmacie heurta le paquet qui tomba par terre et se défit en partie. Le gendarme poussa une exclamation :

— Ça alors ! Regarde !

L'autre se retourna : du paquet défait sortaient des billets de banque.

— Y en a pas mal ! Où as-tu trouvé le paquet ?

— Dans le coffre. C'est louche. Je vais appeler l'adjudant, reste ici.

L'adjudant ouvrit le paquet complètement. Il y avait, en plus des billets, un petit sac contenant des bijoux.

— Qu'est-ce que c'est ? demanda Ériart qui entrait dans le garage.

— J'ai bien l'impression, dit l'adjudant, qu'il s'agit de l'argent et des bijoux volés chez le banquier Bertrand.

Ériart fit la grimace :

— Fâcheuse histoire ! Que comptez-vous faire ?

— Je suis obligé de prévenir le commissariat central à Bayonne et de mettre Mendeguia en état d'arrestation jusqu'à leur arrivée, ensuite, ils aviseront.

Laurent venait d'arriver à son tour près de la jeep.

— Qui parlez-vous d'arrêter ?

— Mendeguia, dit Ériart. (Et montrant les billets et les bijoux.) Ils étaient dans la jeep.

— Mais la jeep n'est pas à lui, protesta Laurent. Elle m'appartient. Qui vous dit que je ne suis pas le voleur ? En bonne logique, vous devez m'arrêter aussi.

228

— Je vous en prie, ce n'est pas le moment de plaisanter !

— En ai-je l'air ? (Il s'avança vers le brigadier.) Si vous maintenez votre décision vous prenez une responsabilité grave en ce qui concerne le sauvetage.

— Vous n'avez pas besoin de Mendeguia, dit Ériart.

— Si. C'est le meilleur conducteur de la région. Il connaît admirablement les pistes de montagne. Seul, je n'ai que peu de chances de réussir.

— Évidemment, cela vaut la peine d'y réfléchir... (Ériart se tourna vers l'adjudant.) Qu'en pensez-vous ?

— Je ne peux pas prendre de décision, fit l'adjudant ennuyé. C'est une affaire qui est du ressort de la brigade criminelle...

— Je vous préviens, dit Laurent d'un air mauvais, que si notre tentative échoue à cause de l'absence de Miguel, je me chargerai de le faire savoir ! Il y va de la vie d'un homme et de deux enfants, songez-y.

— Ne vous énervez pas, Laurent, dit Ériart avec un calme surprenant. Vous avez raison, même si le risque d'échec est minime, nous ne pouvons pas le prendre.

— Alors, nous partons ?

Ériart le calma d'un geste :

— Pas si vite. Nous allons d'abord prévenir le commissariat central. Mais je vous garantis que je ferai l'impossible pour les convaincre de retarder l'arrestation jusqu'à votre retour.

Laurent sortit la jeep dans la cour. Au volant de la sienne, Sagardoy s'impatientait :

— Mais qu'est-ce qu'on attend ? Qu'est-ce qu'ils avaient besoin d'aller téléphoner ? Je me demande bien pourquoi ! (Et voyant Miguel s'installer au volant de la jeep à côté de

Laurent :) Tu aurais eu le temps de faire refaire ton pansement!

Ériart arrivait enfin, prenait à part Laurent :

— C'est d'accord. Un des gendarmes va vous accompagner pour plus de sûreté.

— La confiance règne!

— C'est déjà bien qu'ils aient accepté. J'ai eu du mal à les convaincre. Je me suis porté garant que tout se passera bien, je compte sur vous.

Laurent devança le gendarme et s'assit à nouveau à côté de Miguel.

— Montez avec Sagardoy, lui dit-il sèchement.

Le gendarme, pris de court, obéit. Sagardoy eut un petit rire :

— Alors, Arthur, ça ne te gêne pas de voyager avec moi?

Le gendarme secoua la tête :

— Eh non! Avoue qu'on n'a jamais été bien méchant avec toi... (Il rit.) Tu nous manquerais si tu n'étais plus là!

Les jeeps démarrèrent, traversèrent le village en trombe et foncèrent sur la route de la montagne.

Mais une fois sur la piste, il fallut ralentir l'allure. Les nappes de brouillard commençaient, la boue aussi. Les premières congères barraient les rochers. Miguel était tendu. Laurent scrutait la piste.

— Il y a eu un incident avant notre départ, dit-il tout à coup à Miguel.

— J'avais bien compris.

— Un des gendarmes a retrouvé dans le coffre de la jeep l'argent et les bijoux volés à mon oncle.

— Ah...

— Je voulais t'avertir. Les policiers de la brigade criminelle sont au courant. Ils t'arrêteront dès ton retour.

— Merci.

— Tu as le choix, reprit Laurent après un silence. Avec le brouillard qu'il y a, en suivant la route de la crête, tu as une chance de passer la frontière.

Miguel secoua la tête :

— Non.

Laurent eut un sourire :

— Tu m'aurais un peu déçu si tu avais accepté. (Il jouait avec la chevalière qui amincissait son doigt.) Je ne sais pas ce qu'il y a entre mon oncle et toi, mais je ne suis pas forcément de son côté, tu sais...

Miguel sourit à son tour :

— Je sais. Tu as entendu parler de l'affaire Élissalde ?

Laurent le regarda, étonné :

— Comme tout le monde.

— Tu te souviens de celui qui a été considéré comme l'assassin ?

— Oui. José Atterey.

— Je suis son fils. Il était innocent. J'en ai la preuve.

— C'est pour ça, dit lentement Laurent, que tu fais si peur à mon oncle. (Il continuait à tourner sa chevalière autour de son doigt.) Pour une fois (et sa voix était lasse) je n'ai pas du tout envie de plaisanter.

En arrivant au croisement de la piste d'Haltçarté, le brouillard était si dense qu'il fallut allumer les phares. L'ascension devenait de plus en plus difficile à cause de la boue et des congères. La jeep de Sagardoy, moins puissante que celle de Laurent, n'avançait plus qu'avec peine et finit par stopper.

— Je n'y arriverai pas, dit Sagardoy, elle ne veut rien savoir.

— Attendez-nous ici, dit Miguel. On va continuer le plus haut possible.

Mais ils eurent beau monter jusqu'au sommet, en finissant à pied le parcours, ils ne trouvèrent aucune trace des touristes égarés. Ils redescendirent.

— On va prendre à gauche, dit Sagardoy. Il y a une autre piste qui mène sur l'autre versant.

Les jeeps repartirent à travers le brouillard. Près du sommet, sur le bord de la piste, Sagardoy, le premier, aperçut une voiture arrêtée. Il stoppa. Miguel l'imita. Laurent descendit :

— C'est bien leur voiture.

— Oui, dit Sagardoy, mais eux, qui sait où ils sont?

— Ça prouve au moins qu'on est dans la bonne direction, dit Miguel.

Le gendarme mit son appareil de radio en route :

— Ici, Raimbault, ici Raimbault, j'appelle le P.C., j'appelle le P.C... Nous venons de retrouver la voiture des touristes, nous continuons par la piste d'Haltçarté en direction du sommet. Terminé.

Les jeeps repartirent, avançant péniblement, dérapant dans la boue et la neige. Le brouillard ne se levait toujours pas. Il devait être onze heures du matin. Sagardoy arrêta sa jeep.

— La piste ne va pas plus loin. Après on ne passera pas. Qu'est-ce qu'on fait?

— On peut continuer à pied pour battre le terrain vers le sommet en s'espaçant les uns des autres d'une centaine de mètres, dit Laurent. Qu'en pensez-vous, Miguel?

— C'est la seule solution.

232

— Il vaudrait mieux, dit Sagardoy, que l'un de nous reste près des jeeps pour donner des coups de klaxon de temps à autre, ça nous servira de repère.

— Reste, Miguel, dit Laurent. C'est préférable à cause de ta jambe.

Le gendarme mit discrètement dans sa poche les clefs de contact des deux voitures. Laurent prit les thermos de café dans le coffre, Sagardoy les vêtements et tous trois disparurent dans le brouillard. Miguel, resté seul près des jeeps, klaxonnait régulièrement.

Il était deux heures lorsque les trois hommes revinrent :

— Toujours rien, dit Laurent. Ça commence à devenir inquiétant.

— Pour moi, ils ont traversé la piste sans s'en apercevoir, dit Sagardoy. Avec ce brouillard! Il y a des cayolars un peu plus bas. Il faut y aller voir.

Ils repartirent. Miguel recommença à klaxonner.

Sagardoy aperçut soudain, à quelques mètres de lui, dans le brouillard, un objet. Il s'approcha. C'était un sac à dos éventré. Sagardoy appela Laurent et le gendarme. Ce dernier trouva, à son tour, une feuille de papier détrempé, une carte d'état-major de la région.

— Ils ne doivent plus être très loin, dit-il.

Dans une éclaircie, ils distinguèrent, devant eux, un cayolar. Sagardoy en sortait :

— Ils sont là, cria-t-il. Le père a la jambe cassée, les enfants n'ont rien. Ils peuvent dire qu'ils ont eu de la chance. Il faut prévenir Miguel et qu'il essaie de venir jusqu'ici avec la jeep parce que si on doit remonter le type à pied sur le brancard, on en a pour un moment.

— J'y vais, dit le gendarme, et je préviendrai en bas, par radio.

... Au poste de gendarmerie, tout le monde attendait avec une angoisse qu'accentuaient les heures écoulées. Lorsque la radio se mit à grésiller, tous se précipitèrent vers l'opérateur radio. La jeune femme allemande et Claire-Marie, Ériart, l'aubergiste, le commissaire, l'adjudant...

— Ça y est, dit l'opérateur. Ils les ont retrouvés.

La jeune femme éclata en sanglots dans les bras de Claire-Marie. L'adjudant passa dans son bureau pour téléphoner.

— Ils seront là dans une heure environ... Il y a un blessé... Il faudrait envoyer l'hélicoptère au village... D'accord, compris... (Il raccrocha et s'adressant à Ériart qui écoutait :) Ils demandent de leur préparer un DZ dans un champ à proximité du village. Vous venez, mon commandant ?

X

L'hélicoptère venait de se poser. Les curieux et les journalistes affluaient. Des cameramen filmaient la jeune femme allemande qui arrivait en compagnie de Claire-Marie. Un peu à l'écart, le commandant Ériart, soucieux, s'entretenait avec le commissaire Bardoux.

— Ils vont arriver d'une minute à l'autre et les journalistes vont sûrement vouloir les interviewer...

— Vous préféreriez que j'opère en douceur? demanda le commissaire.

— En tout cas que vous attendiez le départ des journalistes. Et puis, je ne vous cache pas que je crains une réaction des gens du village. Mendeguia vient de sauver trois personnes et on l'arrête, mettez-vous à leur place, ils ne vont rien y comprendre! Autant éviter les incidents...

— D'accord, je vais le faire surveiller. Ensuite, sous un prétexte quelconque, vous essaierez de l'amener à la mairie ou chez vous.

Le commissaire aperçut à ce moment-là Bordet qui se faufilait dans un groupe de journalistes. Et il songea à la réflexion de l'inspecteur Labeyrie : « Entre nous, patron, vous ne trouvez pas ça un peu miraculeux, la découverte des billets et des bijoux? Moi, je dis que ça colle de moins en moins... »

Les jeeps arrivaient précédées d'un motard de la police. Tandis que la jeune femme allemande se précipitait vers ses enfants et son mari, le désordre devenait général. C'était une empoignade de journalistes, de curieux, tous avides d'être au premier rang, d'interviewer, de filmer...

Miguel en profita pour se rapprocher de Sagardoy et lui parla à voix basse. Claire-Marie qui arrivait vers eux n'entendit que la fin de la conversation.

— Fais ce que je te dis et ne cherche pas à comprendre. Tu m'attends à la sortie du village.

Miguel aperçut Claire-Marie, lui sourit.

— Pas trop fatigué ? demanda-t-elle.

Le médecin qui était avec elle fronça les sourcils en voyant la tache de sang sur le blue-jean de Miguel :

— Faites voir ça ! Votre blessure s'est réouverte, mon vieux ! Il faut soigner ça. (Il se tourna vers Claire-Marie.) Amenez-le-moi le plus tôt possible, il risque une hémorragie, je ne plaisante pas.

Un groupe de journalistes entraînant Laurent s'approcha d'eux :

— S'il vous plaît, monsieur Mendeguia, dit l'un, mettez-vous au volant, c'est meilleur pour la photo.

Miguel s'assit. Seul Laurent remarqua qu'il tournait la clef de contact. Le journaliste s'affairait :

— Tout est prêt, allons-y. (Il prit le micro, posa la question.) Le sauvetage n'a pas été trop dur ?

Il tendit le micro à Miguel :

— Peu importe, dit ce dernier, puisqu'il a réussi. J'ai une déclaration plus importante à faire au sujet de l'affaire Élissalde.

Il y eut un brouhaha parmi les journalistes et les curieux : « Comment ? Qu'est-ce que c'est que cette histoire ? » Miguel, imperturbable, éleva la voix :

— José Atterey n'était pas l'assassin d'Henri Élissalde. Je connais le nom des coupables. J'ai un message pour le banquier Bertrand. En voici le texte : « L'option Ravel tombe le vingt-quatre à minuit. Prendre dispositions en conséquence. »

— Arrêtez-le, cria soudain Bordet, mais arrêtez-le !

Miguel venait de tirer le démarreur et, profitant de la confusion provoquée par sa déclaration, fonçait. Il évita un gendarme qui se précipitait vers la jeep. L'adjudant se mit à donner des coups de sifflet au milieu de l'affolement général. Un cameraman filmait la scène avec un calme imperturbable.

Après un moment de stupéfaction, l'inspecteur Labeyrie sauta dans une voiture, accompagné par un gendarme, et démarra en trombe à la poursuite de Miguel.

Laurent contemplait la scène avec un petit sourire. Claire-Marie était près de lui. Elle murmura :

— Où va-t-il ? Vous le savez ?

— Non. Il ne m'a rien dit.

Le commissaire Bardoux s'approcha de Laurent :

— C'est vous qui l'avez prévenu, n'est-ce pas ?

Laurent se contenta de hausser les épaules d'un air fataliste. Le commissaire, mécontent, dit sèchement :

— Je vous prie de ne pas quitter le village jusqu'à nouvel ordre.

Comme convenu, Sagardoy attendait Miguel à la sortie du village. Au passage, il lui jeta la carabine. Miguel repartit à toute allure. Sagardoy plaça alors sa propre jeep en travers du chemin, enclencha une vitesse, enleva le coupe-batterie et s'en alla.

L'inspecteur Labeyrie dut freiner à mort pour ne pas rentrer dans l'obstacle et perdit beaucoup de temps à dégager la route. Lorsqu'il reprit la poursuite, il était sans illusions ; Mendeguia avait maintenant trop d'avance sur eux et il connaissait trop bien les pistes de montagne pour espérer le rattraper. Il y avait tout de même un point qui chiffonnait Labeyrie : Mendeguia avait eu toute la journée pour s'enfuir. Pourquoi avait-il attendu d'être de retour au village ?

Sagardoy, décontracté, était revenu se mêler aux journalistes près du commissariat. Il aperçut Laurent, s'avança vers lui en souriant :

— Alors, on vous tient à l'œil vous aussi ?

— Comme vous voyez !

Bordet, qui traînait par là, s'était rapproché d'eux insensiblement. Sagardoy baissa un peu la voix :

— Je sais où il est. (Il parut ne pas remarquer le coup d'œil de Laurent désignant Bordet.) Il s'est caché au chalet de Burkeguy.

Bordet s'éloignait déjà.

— Vous n'êtes pas fou de dire ça devant Bordet ? s'écria Laurent, furieux.

Sagardoy gardait tout son calme :

— Je sais ce que je fais. C'est Miguel qui m'a demandé de m'arranger pour que Bordet sache où il se trouve. Il doit avoir son idée.

— Oui, dit Laurent sombrement. Je commence à comprendre.

Bordet venait d'entrer en courant dans un café :

— Le téléphone, vite !

— Qu'est-ce que je vous sers ? demanda placidement le patron.

— N'importe quoi, fit Bordet excédé en composant fébrilement le numéro de Bertrand.

238

Dans son chalet de la forêt d'Iraty, Bertrand écoutait le récit de Bordet.

— J'ai entendu tout à l'heure à la radio. Le speaker parlait d'une déclaration incompréhensible de Mendeguia.

Bordet dit d'un ton amer :

— Elle est malheureusement très claire pour nous! Il a donné le texte du message qui annonçait l'arrivée d'Henri Élissalde. Vous devez vous en souvenir?

Bertrand garda un instant le silence : .

— C'est bien ce que je craignais. Il est au courant. Il faut absolument le retrouver.

— Je sais où il se cache : au chalet de Burkeguy.

— Vous en êtes sûr?

— J'ai surpris une conversation. Je me demande comment il a pu savoir?

— Ça n'a plus d'importance maintenant.

Bertrand se dirigea vers un placard, prit une mitraillette qu'il jeta à Bordet :

— Tenez, j'espère que vous savez encore vous en servir. (Il passa un pistolet dans sa ceinture et prit une carabine.) Voilà qui nous ramène quelques années en arrière.

— Vous voulez le tuer?

Bordet semblait inquiet.

— Vous voyez une autre solution?

— Il y a des risques...

Bertrand se dirigea vers la porte :

— Pas tellement. C'est le moment ou jamais! Il est recherché pour vol, impliqué dans une affaire de meurtre et il a pris la fuite. Tout le monde croira qu'il a réussi à passer en Espagne.

— Et si on le découvre plus tard?

— La montagne est vaste, il n'y manque pas de cachettes et je vous garantis bien que, cette fois, on ne trouvera pas le corps.

Ils sortirent et montèrent dans une méhari stationnée dans le jardin.

Près du poste de police, Claire-Marie écartait les journalistes qui s'étaient précipités vers elle :

— Messieurs, je vous en prie. Il se peut que je fasse une déclaration, mais plus tard. Dans ce cas, je vous préviendrai. Pour l'instant, laissez-moi passer.

Claire-Marie entra dans le poste. Ériart vint vers elle :

— Où étiez-vous ? J'étais inquiet.

— J'ai besoin de vous parler.

Ériart indiqua un bureau vide :

— Entrons là.

— Vous savez qui est Miguel ?

Ériart la regarda avec étonnement :

— Je sais ce qui est indiqué sur son passeport.

— Mendeguia est le nom de son père adoptif.

Ériart sursauta :

— Comment ?

Dans le bureau voisin, l'inspecteur Labeyrie rendait compte au commissaire Bardoux de son échec :

— Impossible de le trouver. Pourtant, il ne doit pas être loin.

— Qu'est-ce qui vous fait dire ça ?

— Il était au courant depuis ce matin. S'il avait voulu passer en Espagne, il lui suffisait de leur fausser compagnie pendant le sauvetage. Il doit avoir un plan, mais lequel ?

... Miguel avait laissé la jeep plus bas et était venu à pied jusqu'au cayolar. Le brouillard s'était un peu dissipé comme souvent la nuit en montagne. Il faisait froid et Miguel frissonna. Sa blessure à la cuisse s'était remise à saigner et il était épuisé. Il vérifia la carabine, engagea le chargeur et l'arma, puis il se plaça à la lucarne et observa les environs. Tout était silencieux. Il hésita à s'asseoir, mais il ne pouvait courir le risque d'être surpris. Bertrand et Bordet pouvaient surgir n'importe quand.

Il s'appuya au mur, contre la lucarne, et reprit le guet. La tête lui tournait un peu.

Dans le bureau du poste de gendarmerie, Claire-Marie, en colère, faisait face à Ériart :

— Si vous ne me croyez pas, demandez au commissaire. Il a reçu des renseignements sur Miguel.

— Comment voulez-vous que je vous croie ? C'est une histoire rocambolesque que vous me racontez et parfaitement invraisemblable. Je suis malheureusement bien placé pour savoir comment est mort votre père et qui l'a tué.

Claire-Marie le regarda avec une sorte de haine :

— Évidemment, vous ne voulez pas admettre que vous avez fait condamner à mort un innocent !

Ériart était devenu blême :

— Vous dépassez les bornes, Claire-Marie. La vérité est que ce garçon vous a tourné la tête. Alors vous ajoutez foi à des mensonges, à des histoires imaginées de toutes pièces pour donner le change. Mais enfin, vous ne pouvez nier que l'on a retrouvé dans sa jeep l'argent et les bijoux volés. (Il ajouta plus calmement :) Je crains que vous ne vous prépariez de pénibles désillusions...

... Bertrand et Bordet roulaient sur la route de montagne. A l'embranchement de Burkeguy, Bertrand freina brusquement et marqua un léger temps d'arrêt. La nuit était très sombre et il chercha à repérer la piste. Ce fut Bordet qui la lui désigna :

— C'est par ici.

La méhari s'engagea sur la piste.

Dans le cayolar, Miguel s'appuyait de plus en plus fortement au mur. Sa vue se troublait, il était pris de vertiges. Il tenta de se redresser, chancela et tomba inanimé sur le sol.

Laurent allait et venait dans le bureau du poste de gendarmerie où se tenaient Ériart et Claire-Marie.

— Mais enfin, dit-il avec véhémence, il faut faire quelque chose, voyons! Mon oncle et Bordet savent où il se cache et vont l'attaquer. C'est ce qu'il voulait, pour les obliger à se démasquer, je suppose. Et nous, nous restons là, bras croisés à attendre... Attendre quoi? (Il se tourna vers Ériart, dit avec passion :) Il n'est coupable de rien mais, au contraire, victime. Comment ne le voyez-vous pas?

— Un tel tissu d'invraisemblances... dit Ériart froidement. Ce télégramme codé, ce n'est pas sérieux!

— J'ai un témoignage irréfutable que c'est la vérité et vous serez bien forcé de l'admettre, dit Claire-Marie. (Et s'adressant à Laurent :) J'ai fait prévenir Cécile. Hélène Saubiette sera là d'un moment à l'autre.

... Bordet et Galvada roulaient sur la piste depuis un bon moment. Un brouillard léger commençait à envahir les crêtes, mais les bas-côtés de la route se distinguaient encore nettement et ils aperçurent d'assez loin la jeep de Miguel. Bordet descendit, l'examina :

— Pas de doute. C'est bien la sienne.

Bertrand lui tendit la mitraillette, prit la carabine et descendit à son tour de la méhari. Tous deux se mirent à marcher en direction du cayolar où Miguel gisait toujours à terre, inanimé. A mesure qu'ils avançaient, le brouillard devenait plus dense. Arrivés en vue du chalet, ils s'arrêtèrent à l'abri de rochers :

— Vous passez d'un côté, dit Bertrand, moi de l'autre. On se retrouve derrière le gros rocher, là-bas, le plus près de la porte.

Ils commencèrent à avancer de rocher en rocher en décrivant un mouvement circulaire autour du chalet.

Laurent marchait de long en large.

— Mais qu'est-ce qu'elles font, bon sang, elles devraient être là depuis longtemps?

Au bruit d'un moteur de voiture, il se précipita vers la porte suivi de Claire-Marie.

— Nous avons été arrêtées par un barrage de police sur la route. Ils faisaient des difficultés pour nous laisser passer.

Claire-Marie s'avança vers Hélène :

— Je vous remercie d'avoir accepté de venir.

Ériart venait de surgir et demanda abruptement :

— Êtes-vous prête, madame, à faire vos déclarations en présence du commissaire?

— Évidemment, fit Hélène avec humeur. Je suis venue pour ça!

Ériart frappa à la porte du bureau où se tenait le commissaire.

... Abrités par le rocher, Bertrand et Bordet observaient la porte du cayolar.

— Il n'a pas l'air de bouger, dit Bordet.

— De toute manière, on ne va pas rester là, grogna Bertrand. Il va falloir se décider à entrer. On va profiter du brouillard. Je vais foncer sur la porte. D'ici, vous me couvrez. S'il tire, vous ripostez.

— Compris.

— Vous êtes prêt ?

Bordet fit un signe de tête affirmatif. Bertrand courut vers la porte qu'il enfonça d'un coup d'épaule. Après quelques instants, Bordet pénétra à son tour dans le cayolar. Bertrand alluma une lampe-tempête et découvrit Miguel inanimé.

— Il est évanoui.

Bordet pointa sa mitraillette.

— Je vais l'achever.

— Non, dit Bertrand d'un ton impératif en détournant l'arme. Laissez-le.

... « S'il vous plaît, dit le commissaire, un peu de cohérence. Vous me parlez en même temps d'une affaire vieille de plus de vingt-cinq ans et de faits qui se sont produits au cours de ces derniers jours. C'est peut-être très clair pour vous mais moi, je n'y comprends rien. Procédons par ordre. D'abord l'affaire Élissalde. Qui est l'assassin ? »...

... — Si je ne vous avais pas empêché, vous auriez tiré, mon pauvre Bordet ?

— Maintenant ou plus tard, fit Bordet hargneux, je ne vois pas la différence.

— Décidément vous n'aurez jamais d'idées! Il y a mieux à faire que de le tuer à coups de mitraillette! Il faut profiter de son inconscience. Dès que le brouillard sera levé, nous allons le transporter jusqu'à la piste, l'installer au volant de la jeep. Ensuite, il ne nous restera plus qu'à l'envoyer dans le ravin. Et ça passera pour un accident. En voulant fuir, Mendeguia aura raté un virage. Sa blessure et l'hémorragie expliqueront qu'il ait perdu le contrôle de son véhicule.

... — Je dois reconnaître, dit le commissaire, l'importance de vos divers témoignages. Ils expliquent bien des choses. Qu'en pensez-vous, Labeyrie?

— Que Mendeguia court un sacré danger et qu'il n'y a plus de temps à perdre. Sagardoy est là. Il va nous conduire.

— Je viens avec vous, dit Ériart. Le temps d'aller chercher ma carabine américaine.

Laurent semblait hésiter. Lorsque les jeeps furent prêtes, il monta cependant avec eux mais il était le seul à ne pas être armé. Les voitures démarrèrent suivies de l'estafette de gendarmerie où avaient pris place l'adjudant et trois de ses hommes. Le commissaire Bardoux était assis à côté de Labeyrie. Tous scrutaient la nuit qu'envahissait à présent un brouillard dense.

... Bertrand s'était assis. Bordet, nerveux, se tenait sur le pas de la porte et regardait dehors.

— Le brouillard est toujours aussi épais.

— Un peu de calme, Bordet! Il n'y en a plus pour longtemps...

... Le convoi était arrivé à l'embranchement de la piste de Burkeguy. Les voitures s'arrêtèrent. Ériart s'avança vers celle du commissaire :

— Il vaut mieux laisser nos voitures ici. Le bruit des moteurs pourrait donner l'éveil.

— Il y a un sentier, dit Sagardoy, qui coupe directement. Il rejoint la piste au-dessus du chalet.

Tous les hommes étaient descendus.

— Passez devant, dit Ériart à Sagardoy. Pour nous guider, à cause du brouillard.

Ils partirent en colonne. Le brouillard les gênait. A plusieurs reprises Sagardoy s'arrêta, hésita et chaque fois Ériart posait la même question :

— Vous vous y retrouvez ?

— Oui, disait Sagardoy, ne vous inquiétez pas.

Et la colonne repartait.

L'aube approchait et les bancs de brume, par intermittence, s'éclaircissaient. On pouvait alors distinguer le paysage. Puis la brume se reformait et sa densité cotonneuse étouffait jusqu'aux sons.

... — Voilà une éclaircie, dit Bertrand. C'est le moment. Allons-y. (Il souleva Miguel.) Aidez-moi, voyons, Bordet.

Il chargea Miguel sur ses épaules et sortit suivi de Bordet portant les armes.

Ils arrivèrent à la jeep, hissèrent Miguel et l'installèrent au volant. Bordet s'arc-bouta pour pousser la jeep vers le ravin. Bertrand l'arrêta :

— Vous êtes fou ! Il faut d'abord mettre le moteur en marche et enclencher une vitesse pour que ça paraisse normal.

246

— ... Nous ne sommes plus très loin, dit Sagardoy à Ériart.

— Déployons-nous en tirailleur.

Les hommes s'espacèrent. L'inspecteur Labeyrie sortit son revolver. Le brouillard s'effilochait et l'on voyait la crête à trois cents mètres.

Derrière cette crête, Bertrand et Bordet tentaient de faire démarrer la jeep de Miguel. Le moteur n'allumait pas, mais le bruit du démarreur se répercutait dans le silence à chaque nouvel essai de Bordet.

Au moment où le moteur démarra, le groupe conduit par Ériart atteignait le sommet de la crête.

— Mains en l'air, cria Ériart. Au moindre geste nous tirons !

Bertrand saisit la mitraillette posée sur le capot de la jeep et tira une rafale. Puis il disparut dans le ravin suivi par Bordet sans arme.

La jeep entraînée par la pente repartit en arrière. Laurent se précipita, dévala aussi vite qu'il put, parvint à sauter dans la voiture et à la stopper. Un gendarme s'était précipité également. Une des balles de la mitraillette avait crevé un pneu. Laurent transporta Miguel toujours inanimé dans la méhari abandonnée par Bertrand et descendit immédiatement au village.

Poursuivi par Labeyrie et Sagardoy, Bordet se rendit sans trop de résistance. Ériart, lui, s'était lancé sur les traces de Bertrand et parvint presque à le rattraper.

— Arrêtez, Bertrand, cria Ériart. Ne m'obligez pas à tirer !

Bertrand se retourna, tira une nouvelle rafale. Ériart s'effondra. Sagardoy se précipita, cria aux autres :

— Venez vite, le commandant est blessé.

Un banc de brume, à nouveau, les enveloppait. Sagardoy cria encore :

— Méfiez-vous du ravin, à gauche !

Juste à ce moment, on entendit un hurlement. Bertrand venait de basculer dans le ravin. Il essaya en vain de se raccrocher aux rochers mais n'y parvint pas et son corps disloqué roula sur les éboulis du fond.

Sagardoy hocha la tête :

— Il a son compte.

Ériart semblait lui-même très mal en point. L'adjudant appela par talkie-walkie le P.C.

— Le commandant Ériart est grièvement blessé. Nous le ramenons au croisement de Burkeguy. Demandez l'hélicoptère d'urgence.

Mais quand l'hélicoptère se posa au croisement de Burkeguy, Ériart était mort. Entre les bras de Sagardoy, par une sorte d'ironie, alors que le jour se levait sur la crête d'Éroïmendy.

Pour un homme comme lui, c'était mieux ainsi.

*
*   *

Ce samedi de septembre, il y avait autant de monde dans la petite église d'Haltçaï que pour l'enterrement du vieil Amestoy. Mais les visages étaient gais et les cloches sonnaient à la volée. Sagardoy avait mis son plus beau costume et Adrien un œillet à sa boutonnière. Cécile portait un grand chapeau vert et Laurent se pencha avec tendresse vers elle :

— « Vert, c'est toi que j'aime, vert — Vert du vent et

248

vert des branches — Le cheval dans la montagne et la barque sur la mer, — Vert, c'est toi que j'aime, vert et sous la lune gitane... »

Un enfant l'interrompit en criant :

— Les voilà !

De la jeep que conduisait Miguel, descendaient Claire-Marie radieuse et Pascal raide d'émotion. Elle prenait son bras et avançait vers l'église, entre les tombes et les herbes. Miguel les suivait, souriant, heureux.

— Une fin comme je les aime, dit Laurent.

Imprimé en Belgique par Casterman, s.a., Tournai, septembre 1974.   E. 5370-8227.
D. 1974/0053/142

.